Η ΣΕΙΡΑ ΒΙΒΛΙΩΝ

Adult FairyTales

Βιβλίο 1

2η ειδική έκδοση 2021 – Εκδόσεις eCult Hub Publications

(1η έκδοση Ιούλιος 2018, από τις Εκδόσεις Bookstars)

Επιμέλεια κειμένου και εξωφύλλου: Anastasia Tsekeri

James Antoniou
Adult FairyTales

Βιβλίο 1

eCult Hub Publications

ΑΘΗΝΑ 2021

Τα «παραμύθια» της συγκεκριμένης σειράς, είναι αφιερωμένα σε όλους
τους παππούδες, που κάποια κρύα νύχτα του χειμώνα,
ζέσταναν την ψυχή μας, με την αγάπη και τα λόγια τους.
Θα ήθελα να μπορούσαν να τα διαβάσουν και οι δικοί μου παππούδες,
μιας και αυτοί με έμαθαν να αγαπώ τα παραμύθια, αλλά έχουν και οι δύο
προχωρήσει στο επόμενο στάδιο του ταξιδιού που ονομάζουμε ζωή.
Παππού Δημήτρη και Θεολόγο,
δεν θα σας ξεχάσω ποτέ,
James Antoniou

ΜΗΝΥΜΑ ΑΠΟ ΤΟΝ ΣΥΓΓΡΑΦΕΑ

Μένοντας πιστοί, εγώ και η ομάδα μου, στην υπόσχεση που δώσαμε να παρέχουμε δωρεάν ταξίδια στη σφαίρα της φαντασίας, αποφασίσαμε να ξεκινήσουμε μια εβδομαδιαία σειρά από σύντομες ιστορίες (short stories), μέσα από την προσωπική μου ιστοσελίδα.

Με λίγα λόγια, παρουσιάζαμε μια ιστορία κάθε Παρασκευή, τον χειμώνα που πέρασε, με αποτέλεσμα στο σύνολό τους να συνθέσουν το πρώτο βιβλίο αυτής της σειράς, συνοδευόμενες από ανέκδοτες νέες ιστορίες.

Θέλοντας να προσεγγίσω περισσότερο το προσωπικό αγαπημένο μου στυλ, οι ιστορίες ανήκουν στο είδος του Adult FairyTale. Είναι δηλαδή, σύντομα φανταστικά παραμύθια για ενηλίκους, τα οποία προσεγγίζουν όλο και περισσότερο τις ιστορίες τρόμου, με μια όμως πιο «παραμυθένια» αφηγηματική χροιά.

Θα ήθελα επίσης να σας ευχαριστήσω, για τα σχόλια και τις ιδέες σας, τα οποία μοιραστήκατε μαζί μου, επιτρέποντάς μου να μάθω πού θα θέλατε να σας ταξιδέψει η επόμενη ιστορία και βοηθώντας με να δημιουργήσω καινούρια «παραμύθια».

Φιλικά,
ο δικός σας «παραμυθάς»
James Antoniou

ΠΙΝΑΚΑΣ ΠΕΡΙΕΧΟΜΕΝΩΝ ΙΣΤΟΡΙΩΝ

ΜΟΝΟ ΕΜΕΝΑ

Πριν 10 χρόνια

Ο αέρας μυρίζει καλοκαίρι, παρόλο που έχει μπει πια για τα καλά ο Νοέμβρης. Μέσα στο τρόλεϊ, μια μητέρα με το μικρό της αγόρι κοιτάζουν το δρόμο. Η μητέρα λέγεται Ασπασία. Είναι μια νεαρή, γλυκιά ύπαρξη που ζει και αναπνέει για το αγόρι που βρίσκεται δίπλα της. Ο Ανέστης είναι το πρώτο της παιδί και το πρώτο εγγόνι στην οικογένειά της.

Ο μικρός άρχισε να παραπονιέται πριν δυο-τρεις μέρες, πως τον ενοχλεί η κοιλιά του. Η Ασπασία, του έφτιαξε στην αρχή μερικές σούπες και ζεστά, αλλά δεν υπήρξε καμία βελτίωση. Αργά το προηγούμενο βράδυ και αφού ο μικρός τους ξαγρυπνούσε για τρίτη συνεχόμενη βραδιά, ο άντρας της πρότεινε πως καλό θα ήταν να τον πήγαινε μια βόλτα μέχρι το Νοσοκομείο Παίδων.

Κοντά στις έντεκα, μητέρα και γιος πέρασαν την πόρτα του νοσοκομείου. Ο γιατρός ήταν παλιός γνωστός της οικογενείας. Ένας άντρας πάνω από εξήντα, ο οποίος είχε υπάρξει και δικός της παιδίατρος. Αφού εξέτασε το παιδί, την κάλεσε στο γραφείο του ανήσυχος και της είπε πως ο μικρός είχε σκωληκοειδίτιδα και έπρεπε να εγχειριστεί άμεσα. Η κοπέλα αισθάνθηκε τα πόδια της να τρέμουν και τα φώτα του δωματίου να σκοτεινιάζουν απότομα.

> «Μη φοβάσαι», της είπε ο γιατρός, «δεν είναι κάτι σπουδαίο. Μια απλή επέμβαση ρουτίνας. Αύριο θα είστε σπίτι, σαν να μη συνέβη ποτέ τίποτα».

Η Ασπασία μίλησε με τον άντρα της, ο οποίος ήταν σαφώς πιο ψύχραιμος. Της είπε να μην ανησυχεί, πως θα έφευγε αμέσως από τη δουλειά και θα τους συναντούσε στο νοσοκομείο. Μισή ώρα μετά, οι νοσοκόμοι ετοίμασαν το παιδί και το πέρασαν από τις πόρτες των χειρουργείων. Η Ασπασία έσκυψε και το φίλησε απαλά στο μάγουλο. Πριν προλάβει η ζεστή μεταλλική γεύση του υπνωτικού αερίου να τον τυλίξει στη λήθη της, ο μικρός έστρεψε το πρόσωπό του προς τη μητέρα του.

«Μανούλα με αγαπάς;» τη ρώτησε.

«Σε λατρεύω ζωγραφιά μου», απάντησε η νεαρή μητέρα.

«Μανούλα μόνο εμένα;»

«Μόνο εσένα αγάπη μου, για πάντα μόνο εσένα».

Τα μάτια του μικρού έκλεισαν και το φορείο χάθηκε στο βάθος του διαδρόμου.

Πριν 3 ημέρες

Ανοίγει τα μάτια του. Φως, ζεστό και έντονο φως. Τον τυφλώνει. Πονούν τα μάτια του. Το τελευταίο πράγμα που θυμάται είναι το φορείο ενός νοσοκομείου. Η τελευταία εικόνα που διατηρεί, είναι το πρόσωπο της μητέρας του. Πού είναι τώρα; Γιατί τον άφησε μόνο του; Προσπαθεί να φωνάξει. Σιωπή. Προσπαθεί να τρέξει. Ακινησία. Κατεβάζει το βλέμμα του χαμηλά. Κενό. Το ανεβάζει προς τα επάνω. Κενό. Πώς γίνεται να μην πατά πουθενά και όμως να μην πέφτει;

«Πού είναι η μητέρα μου; Γιατί είμαι μόνος μου;»

Αισθάνεται πως κάποιος τον καλεί. Ο ήχος, του θυμίζει τη φωνή της μητέρας του. Από πού ακούγεται;

«Μαμά πού είσαι;»

Τρομάζει. Σε τελική ανάλυση, γιατί να μην τρομάξει; Οκτώ χρονών παιδάκι είναι. Έχει κάθε δικαίωμα και να τρομάξει και να κλάψει και να κάνει και φασαρία αν θέλει... Δεν θέλει. Κάτι έχει αλλάξει μέσα του. Δεν αισθάνεται πια παιδάκι.

Η φωνή της μητέρας του εξακολουθεί να ηχεί. Όχι γύρω του, αλλά μέσα του. Μέσα στο μυαλό του. Μέσα στα βάθη της ψυχής του. Κλείνει τα μάτια και προσπαθεί να καταλάβει από πού έρχεται η φωνή. Αισθάνεται σαν να τον τραβούν και να τον απωθούν την ίδια στιγμή. Ανοίγει τα μάτια του... Απίστευτο.

Στέκεται έξω από ένα σπίτι. Είναι όμορφο. Καθαρό και φρεσκοβαμμένο. Έχει και κούνια και ένα πολύ όμορφο σιντριβάνι. Φυσάει δυνατά. Το παιδί πλησιάζει στο σπίτι. Περνά την πόρτα, χωρίς να καταλάβει πώς. Μπορεί να μη θυμάται πώς μπήκε, αλλά πλέον βρίσκεται μέσα στο σπίτι.

Στο σαλόνι, μία γυναίκα κοιτάζει έξω από την μπαλκονόπορτα. Της φωνάζει αλλά, αυτή δείχνει να μην τον ακούει. Τώρα, φωνάζει με όλη του τη δύναμη. Η γυναίκα γυρνά τρομαγμένη. Είναι μεγάλη σε ηλικία και μοιάζει απίστευτα στη μαμά του. Δεν είναι αυτή όμως, είναι πιο μεγάλη και έχει και ένα μωράκι. Γιατί είναι τρομαγμένη; Τι της έκαναν;

Της μιλά για να την ηρεμήσει.

> «Μη φοβάσαι, ένα παιδί είμαι μόνο. Δεν θα σας κάνω κακό».

Η γυναίκα αρπάζει το μωρό και αρχίζει να τρέχει μέσα στο σπίτι τρομαγμένη. Τρομάζει κι αυτός. Κλείνει τα μάτια του για να μην τη βλέπει. Τον αγριεύει έτσι φοβισμένη.

Ανοίγει και πάλι τα μάτια του. Στέκεται ακριβώς στο ίδιο σημείο αλλά, η γυναίκα που μοιάζει πολύ με τη μαμά του, έχει φύγει. Φωνάζει, κλαίει. Θέλει να φύγει από εκεί, αλλά δεν μπορεί. Κλείνει τα μάτια του. Δεν θέλει να τα ανοίξει. Θέλει τη μητέρα του. Τη φωνάζει. Καμία απάντηση. Τα ξανακλείνει.

Βαθιά μέσα του ξέρει ότι δεν θέλει να έχει κλειστά τα μάτια του, γιατί δεν βλέπει γύρω του και φοβάται. Αν τα ανοίξει όμως; Τι θα δει; Με όσο θάρρος μπορεί να κρύβει μια οκτάχρονη ψυχούλα, σιγά σιγά ανοίγει τα βλέφαρά του.

Η γυναίκα κοιμάται στον καναπέ. Δίπλα της, έχει το μωράκι. Είναι πολύ μικρό, μια σταλίτσα.

> «Έτσι πρέπει να είναι οι μαμάδες», σκέφτεται. «Πρέπει να έχουν τα παιδιά τους δίπλα τους, όχι σαν τη δική μου που με έχει αφήσει μόνο μου τόση ώρα».

Κοιτάζει γύρω του. Βλέπει μερικές φωτογραφίες. Τις πιάνει στα χέρια του και τις κοιτάζει. Είναι αυτός και η μαμά. Ένα χαμόγελο ανακούφισης ζωγραφίζεται στα χείλη του.

«Για να έχουν φωτογραφίες μας, κάποιοι γνωστοί της μαμάς θα είναι. Κάπου θα πετάχτηκε η μαμά και θα γυρίσει».

Ένας άντρας κατεβαίνει τη σκάλα. Τον ξέρει, τον έχει ξαναδεί στα όνειρά του. Περνά πίσω από το τραπεζάκι που βρίσκεται δίπλα στη γυναίκα και μετά, αρπάζει στα χέρια του τις φωτογραφίες και τις κοιτάζει.

«Μη κύριε, είναι δικές μας», λέει ο μικρός.

Ο άντρας μαζεύει τις φωτογραφίες με τα χέρια του και τις ξαναφήνει εκεί που ήταν.

«Είναι δικές μας, σου λέω!»

Ο άντρας μπαίνει στην κουζίνα και ο μικρός αμέσως τις ξαναaπλώνει. Τι όμορφη που είναι η μαμά του σε αυτές τις φωτογραφίες.

Ένα χέρι περνάει από μέσα του.

«Δεν γίνεται, ονειρεύομαι», σκέφτεται.

Ο άντρας στέκεται πίσω του και περνώντας το χέρι του μέσα από την πλάτη του, ξαναπαίρνει τις φωτογραφίες και τις ρίχνει μέσα σε ένα συρτάρι.

«Πώς έγινε αυτό;»

Η μικρή του καρδούλα κοντεύει να σπάσει.

Ο άντρας ρωτά την κοπέλα ποιο είναι το αγόρι στη φωτογραφία. Την αποκαλεί Ασπασία. Το όνομα της μητέρας του. Η γυναίκα του απαντά πως είχε ένα γιο με τον προηγούμενο άντρα της, που πέθανε όταν ήταν οκτώ χρονών. Ο άντρας πολύ εκνευρισμένος, τη ρωτά πώς γίνεται να είναι έξι χρόνια μαζί και να μην του έχει πει ποτέ ότι είχε κάνει παιδί στον προηγούμενο γάμο της και πάνω απ' όλα, πως είναι ποτέ δυνατόν να μην του έχει πει ότι εκείνο το παιδί είχε πεθάνει.

«Δεν έχω πεθάνει», λέει το αγόρι, «εδώ είμαι και εσύ είσαι πολύ μεγάλη για να είσαι η μητέρα μου».

Την ίδια στιγμή, ένα τεράστιο κύμα σαρώνει το μυαλό του. Ξαφνικά, κατανοεί...

Πριν 2 ημέρες

Ξημερώνει. Το φως προσπαθεί να εδραιώσει την κυριαρχία του στο βασίλειο του σκοταδιού. Ο αέρας φυσάει δαιμονισμένα. Δεν είναι παγωμένος, αλλά η υγρασία τρυπάει κόκαλα. Σε μία γωνία του παγωμένου κήπου, ένας άντρας, κάθεται σκυφτός στο παγκάκι.

Έχει τυλίξει τα χέρια του γύρω από το παγωμένο του κορμί. Όχι για να ζεσταθεί, δεν αισθάνεται το κρύο. Ο λογισμός του τρέχει μακριά. Πριν λίγες ώρες, έβαλε τις φωνές στη γυναίκα του, για πρώτη φορά στη ζωή του. Και όχι μόνο αυτό, τις έβαλε τις φωνές μπροστά στο μωρό τους. Αναρωτιέται, γιατί δεν του είπε ποτέ η Ασπασία για το νεκρό παιδί της; Είναι τόσα χρόνια μαζί. Κάθεται στο παγκάκι από εκείνη την ώρα, σχεδόν όλη τη νύχτα.

Δεν καταλαβαίνει πώς ήρθαν έτσι τα πράγματα. Γιατί είναι τα νεύρα του τόσο χάλια; Μάλλον φταίει που δεν κοιμάται. Πώς να κοιμηθεί όμως; Κάθε βράδυ βλέπει το ίδιο όνειρο.

Περπατάει μέσα στο σπίτι, λέει, το οποίο ναι μεν είναι το δικό τους, αλλά η επίπλωση είναι τελείως διαφορετική. Σαν να ζει κάποιος άλλος μέσα στο δικό τους σπίτι. Κατεβαίνει λέει στο σαλόνι. Σε μία πολυθρόνα με την πλάτη γυρισμένη προς αυτόν, κάθεται μια γυναίκα. Είναι όμορφη. Τα μακριά, μαύρα της μαλλιά είναι πιασμένα πάνω από το κεφάλι της. Φοράει ένα λευκό φόρεμα, ανοιχτό στους ώμους.

Αυτός είναι πίσω της. Την πλησιάζει. Ο σβέρκος της είναι κατάλευκος και μοιάζει απίστευτα απαλός. Ένα ελαφρύ χνουδάκι καλύπτει τη ραχοκοκαλιά της. Θέλει να την αγγίξει. Απλώνει τα χέρια του. Το αριστερό του χέρι, ακουμπά τον ώμο της και ανεβαίνει προς το λαιμό της. Η κοπέλα αναριγεί και το χνουδάκι στο σβέρκο της, ορθώνεται. Το δεξί του χέρι πλησιάζει αργά προς την πλάτη της. Κρατάει όπλο. Το χέρι με το όπλο πλησιάζει περισσότερο το σβέρκο της γυναίκας. Αισθάνεται το δάχτυλο που ακουμπά τη σκανδάλη, να σφίγγει. Προσπαθεί να το σταματήσει, αλλά δεν μπορεί. Ιδρώτας στάζει στο μέτωπό του και μπαίνει στα μάτια του. Τα μάτια του τσούζουν. Σε αυτό το σημείο, πάντα ξυπνά.

«Δεν αντέχω άλλο», σκέφτεται. «Έχω να κλείσω μάτι τρεις ημέρες».

Μέχρι τώρα, έλεγε ότι οι εφιάλτες οφείλονται στα βιβλία που διαβάζει και ότι απλά επηρεάζεται. Μετά και το χτεσινό του ξέσπασμα όμως, έχει αρχίσει να φοβάται. Φοβάται τον εαυτό του, αλλά και τα όνειρα που βλέπει. Φοβάται για τη γυναίκα του. Φοβάται για το παιδί του. Τα νεύρα του, τον αποξενώνουν από τους ανθρώπους που αγαπά. Τον κάνουν απόμακρο και ερειστικό. Πρέπει να βρει έναν τρόπο να ηρεμήσει, για το καλό της οικογένειάς του. Το βλέμμα του χάνεται στο δάσος, πίσω από το σπίτι. Εδώ έξω, του φαίνονται όλα τόσο γαλήνια. Ο άντρας ξαπλώνει στο παγκάκι και αποκοιμιέται.

Πριν 3 ημέρες

Μετά την κατανόηση, ήρθε ο πόνος. Το μικρό αγόρι έπρεπε να δεχτεί πως ήταν νεκρό. Πώς μπορούσε όμως να είναι νεκρό, από τη στιγμή που βρισκόταν εκεί; Έβλεπε, άκουγε, υπήρχε, αισθανόταν.

Από την άλλη, αν ήταν όντως νεκρό, γιατί βρισκόταν εδώ τόσα χρόνια μετά το θάνατό του; Αν υπολόγιζε το πόσο είχε μεγαλώσει η μητέρα του, θα πρέπει να ήταν νεκρός το λιγότερο πέντε με δέκα χρόνια. Γιατί επέστρεψε; Τι τον έφερε πίσω;

Το αγόρι κάθεται στο προσκεφάλι της μητέρας του και κοιτάζει το μωρό. Τα μαλάκια του έχουν κολλήσει στο κούτελό του.

> «Πρέπει να ζεσταίνεται», σκέφτεται και απλώνει το χέρι του να τα τραβήξει. Δεν μπορεί να το αγγίξει. Τα χέρια του διαπερνούν το κεφαλάκι του, σαν να ήταν από αέρα. Το αγόρι σκύβει το κεφάλι.
>
> «Ποια η αξία του να είμαι εδώ, αφού δεν μπορώ να κάνω ούτε τα πιο απλά πράγματα», μονολογεί.

Την επόμενη στιγμή, μια ψιλή φωνούλα τον τραβά από τις σκέψεις του. Σηκώνει το κεφάλι του και κοιτάζει το μωρό. Είναι ξύπνιο. Δυο πελώρια μάτια τον κοιτάζουν και ένα γλυκό χαμόγελο φεγγοβολάει στο προσωπάκι του.

«Με βλέπει, θεέ μου με βλέπει», λέει το αγόρι.

Αρχίζει να κάνει γκριμάτσες και παιχνίδια με τα χέρια του. Το μωράκι στρέφει όλη του την προσοχή επάνω του και ξεκαρδίζεται στα γέλια.

Κάποτε, η μητέρα του είχε πει πως τα μωρά βλέπουν τους αγγέλους γιατί έχουν αγαθές ψυχές και πως οι άγγελοι τα προστατεύουν από το κακό.

> «Μήπως αυτός είναι ο λόγος που επέστρεψα;» σκέφτεται το αγόρι. «Μήπως τελικά, είμαι άγγελος; Ο δικός μου άγγελος όμως, γιατί δεν με προστάτευσε; Γιατί με άφησε να πεθάνω;»

Σαν να ακούει τη σκέψη του το μωρό, σταματά να χαμογελά και τρομαγμένο, αρχίζει να κλαψουρίζει. Στην πόρτα της κρεβατοκάμαρας, εμφανίζεται ο πατέρας του. Ο άντρας, προχωρά προς το κρεβάτι και παίρνει το μωρό αγκαλιά. Το μωρό σταματά να κλαίει, αλλά παραμένει ανήσυχο. Η μητέρα του γυρνά στο κρεβάτι και αγκαλιάζει τον άντρα και το μωρό, χαμογελώντας.

Η όμορφη εικόνα κάνει κάτι μέσα στο παιδί να σπάσει. Η σκέψη του πάει στο δικό του πατέρα να τον κρατά αγκαλιά. Θυμάται τη μητέρα του να χαμογελά ευτυχισμένη. Γυρνά και πάλι το βλέμμα του στον άνδρα. Έχει ακουμπήσει το μωρό στο κρεβάτι ανάμεσά τους και ξαπλώνει δίπλα τους.

Σήμερα

Έξω από το σπίτι επικρατεί απόλυτη ησυχία. Το μόνο που ακούγεται, είναι ο άνεμος που σιγοψιθυρίζει καθώς περνά ανάμεσα από τα φύλλα των δέντρων και η κούνια που κουνιέται απαλά. Η Ασπασία κάθεται στην πολυθρόνα του σαλονιού και βλέπει τηλεόραση. Έχει γύρει το κεφάλι της και μισοκοιμάται. Δεν ακούει τα βήματα που κατεβαίνουν τη σκάλα πίσω της. Ο άντρας της φτάνει στο τελευταίο σκαλί και σταματά, κοιτάζοντας την άκρη του σβέρκου της. Μοιάζει υπνωτισμένος.

Κατάλευκο δέρμα και ελαφρύ χνουδάκι καλύπτει τη ραχοκοκαλιά της. Την πλησιάζει και ακουμπά το χέρι του στο λαιμό της. Τη χαϊδεύει και το χνουδάκι ανασηκώνεται. Η Ασπασία αφήνει ένα απαλό γουργούρισμα ηδονής. Την πλησιάζει και το άλλο του χέρι. Κάτι κρατά. Κάτι μεταλλικό που γυαλίζει στο φως της τηλεόρασης. Ο ήχος μιας βρύσης που στάζει, ακούγεται από την κουζίνα.

Αν μπορούσε η γυναίκα να δει, θα έβλεπε το πνεύμα του πρώτου της παιδιού να κινείται πίσω από τον άνδρα της. Θα μπορούσε να δει μια μαύρη σκιά να ξεχειλίζει από το αέρινο κορμί του. Ο άντρας ακουμπάει το λαμπερό μεταλλικό αντικείμενο στο λαιμό της και το πιέζει. Παχύ, κατακόκκινο αίμα βάφει τη βάση του λαιμού της και λερώνει το μπλουζάκι της. Ο άντρας σαν να ξυπνά από λήθαργο, καταλαβαίνει τι έκανε και πετάει το μαχαίρι στο πάτωμα. Το πνεύμα του παιδιού κοιτά το μαχαίρι να πέφτει και χαμογελά.

Ο άντρας βγαίνει από το σπίτι, ουρλιάζοντας. Μία μηχανή πλησιάζει προς το σπίτι με μεγάλη ταχύτητα. Το μαχαίρι φτάνει στο πάτωμα και ακινητοποιείται. Η μηχανή χτυπά τον άντρα και τον πετά στο πλάι. Το κεφάλι του χτυπά στη γωνία του πεζοδρομίου.

«Είχες πει πώς θα αγαπάς μόνο εμένα», λέει το πνεύμα του παιδιού.

«Για πάντα, μόνο εμένα».

Ιππότες της Πίστης

Μπορούσες να πεις ότι δεν ήθελε την παρέα των ανθρώπων. Κάποιοι έλεγαν πως έτεινε να γίνει ακόμη και μισάνθρωπος. Μπορούσες όμως και να πεις απλά, πως ήθελε την ησυχία του. Ο Πίτερ ζούσε στην Ελλάδα πολλά χρόνια. Κανείς δεν ήξερε πώς βρέθηκε στην Καισαριανή ή από πού καταγόταν. Τα ελληνικά του ήταν σπαστά αλλά πολύ καλά, θύμιζαν λιγάκι καθαρεύουσα με έναν ιδιαίτερο δικό του τρόπο. Ζούσε μόνος με ένα κακομούτσουνο σκυλάκι σε ένα πλυσταριό στην ταράτσα μιας πολυκατοικίας. Τον έβλεπαν να φεύγει αργά το βράδυ και να γυρνάει ξημερώματα. Όλη η γειτονιά υπέθετε πως πρέπει να δούλευε είτε ως νυχτοφύλακας, είτε σε κάποιο νυχτερινό μαγαζί.

Δεν μπορούσες να τον πεις κακό άνθρωπο. Δεν τσακωνόταν ποτέ με κανέναν, ήταν απλά λιγομίλητος. Αγόραζε ό,τι χρειαζόταν από τη γειτονιά και χανόταν ξανά στην ταρατσούλα του, μέχρι να κάνει και πάλι την εμφάνισή του αργά τη νύχτα και να αρχίσει να ανεβαίνει με τα πόδια το δρόμο προς το βουνό, προς τον περιφερειακό του Υμηττού. Περπατούσε με βαρύ βήμα και κουβαλούσε πάντα στην πλάτη του ένα σακίδιο. Δίπλα του, περπατούσε πάντα το κακομούτσουνο σκυλάκι του. Μαύρο, με στραβά πόδια και περίεργο γαύγισμα που, όποτε ακουγόταν, σου έδινε την εντύπωση ότι πνιγόταν.

Ο μόνος άνθρωπος του οποίου την παρέα έδειχνε να απολαμβάνει, ήταν ο γιος του Πατέρα Ιερόθεου που λειτουργούσε στην εκκλησία της περιοχής, ο εικοσιπεντάχρονος Πέτρος. Τους έβλεπες συχνά, να συζητάνε καθισμένοι στο προαύλιο της εκκλησίας ή στην πλατεία, σαν δυο άνθρωποι που γνωρίζονταν πολύ καλά. Ο νεαρός ήταν γιγαντόσωμος και γνωστός στην περιοχή για τον ευγενικό του χαρακτήρα, αλλά και την τάση να βοηθά με θέρμη όποιον είχε ανάγκη.

Κάποιοι καλοθελητές της γειτονιάς, ξεκίνησαν να κάνουν πικρόχολα σχόλια για τη φιλία τους, αλλά κάτι ο ιερέας πατέρας του, κάτι ο ηθικός χαρακτήρας του νεαρού, τους έκαναν να σωπάσουν. Στην παύση των συγκεκριμένων σχολίων, συνέβαλε σε μεγάλο ποσοστό και η πολύχρονη σχέση του νεαρού με μια κοπέλα που απορροφούσε το μεγαλύτερο μέρος του χρόνου του. Η πραγματική φύση του Πίτερ, του Πέτρου, αλλά και της σχέσης τους, φάνηκε αρκετό καιρό αργότερα, το καλοκαίρι που ξεκίνησαν όλα.

Κόντευε Αύγουστος και η ζέστη έκανε την άσφαλτο να βράζει. Όλη η γειτονιά το βράδυ καθόταν είτε στα μπαλκόνια, είτε στο πεζοδρόμιο, μιας και ήταν σχεδόν αδύνατο να κοιμηθεί κανείς. Είχαν δει τον Πίτερ να φεύγει την συνηθισμένη του ώρα και να ανηφορίζει προς το βουνό. Πρέπει να ήταν κοντά στη μία μετά τα μεσάνυχτα, όταν η γη άρχισε να τρέμει. Κραυγές τρόμου και φασαρία κάλυψαν την παλιά γειτονιά. Ο κόσμος κατέβηκε στο δρόμο και κοίταγε με ανησυχία τα παλιά σπίτια να τρίζουν και να σηκώνουν σκόνη. Έμοιαζαν έτοιμα να πέσουν. Η ταραχή κράτησε ελάχιστα, αλλά στους ανθρώπους φάνηκε σαν να κράτησε ώρες. Τόσο δυνατό ήταν το κούνημα.

Φυσικά, ολόκληρη η γειτονιά διανυκτέρευσε στο πεζοδρόμιο και μέσα στα αυτοκίνητα, οπότε την ώρα που γύρισε ο Πίτερ στο σπίτι του, τον είδαν όλοι. Ο άνθρωπος έμοιαζε να έχει βγει από την κόλαση. Το πρόσωπο και τα χέρια του ήταν μέσα στη σκόνη και γεμάτα γρατζουνιές και ξεραμένο αίμα. Τα ρούχα του βρώμικα και σε πολλά σημεία, σκισμένα και για πρώτη φορά, δεν συνοδευόταν από το σκυλάκι του. Ο άντρας περπάτησε μέχρι την πόρτα της πολυκατοικίας που έμενε και ξαφνικά, γονάτισε αποκαμωμένος στα σκαλοπάτια. Κάποιοι έτρεξαν να τον βοηθήσουν, αλλά με μια κίνηση του χεριού του, τους έδειξε πως ήταν καλά. Σηκώθηκε με κόπο και χάθηκε στο βάθος της εισόδου. Λίγα λεπτά αργότερα, έφτασαν ο Πατέρας Ιερόθεου με το γιό του. Πέρασαν την ανοιχτή πόρτα της πολυκατοικίας και ανέβηκαν τις σκάλες κατευθυνόμενοι προς το ταρατσάκι του Πίτερ. Πριν περάσει λίγη ώρα, κατέβηκαν και οι τρεις τρέχοντας και συνέχισαν με τον ίδιο ρυθμό να ανηφορίζουν το δρόμο προς το βουνό.

Λίγο πριν φτάσουν στην Καλοπούλα, ο Πέτρος τους άφησε. Οι δυο άντρες συνέχισαν την πορεία τους με κατεύθυνση το παλιό εκκλησάκι της περιοχής. Τη στιγμή που το ζύγωναν, είδαν στο φως των κεριών να διαγράφονται σκοτεινές μορφές. Μπροστά από την αδύναμη λάμψη τους, διακρίνονταν κινούμενα κομμάτια σκοτεινιάς.

Τα πλάσματα που ζούσαν στα έγκατα της Γης, έκαναν για μια ακόμη φορά την έξοδό τους. Προσπαθούσαν για μια ακόμη φορά να καταλάβουν τον ηλιόλουστο κόσμο της επιφάνειας. Τα πλάσματα με τα χίλια ονόματα, στην πάροδο του χρόνου, απειλούσαν και πάλι τον κόσμο μας. Αυτοί που τους αποκαλούσαν χθόνιους, μαυρόνανους, καλικάτζαρους, καλικατζούρια και μύρια ακόμη ονόματα, μετά από ακριβώς εκατό χρόνια, έρχονταν και πάλι στην επιφάνεια.

Ο Πίτερ τρέχοντας άνοιξε το σακίδιό του και ως δια μαγείας, έβγαλε από μέσα ένα αστραφτερό ξίφος. Ο Πατέρας Ιερόθεος τράβηξε από το λαιμό του το μεγάλο σταυρό που φορούσε και αφαιρώντας το κάτω μέρος του, αποκάλυψε ένα καλά τροχισμένο εγχειρίδιο. Στη συνέχεια, μαζί και οι δυο, σαν ένας άνθρωπος, κινήθηκαν προς το μέρος των σκιών. Ίσως, αν προλάβαιναν τους πρώτους, να μπορούσαν να διακόψουν την έξοδό τους.

Όσο τα τέρατα, ήταν αναγκασμένα να βγαίνουν από τη στενή τρύπα, κάτω από το Ιερό της εκκλησίας που κάλυπτε το χάσμα, οι δυο άντρες μπορούσαν, μιας και χωρούσε να περάσει ένα τέρας τη φορά, να τα σφαγιάσουν, προτού προλάβει να συγκεντρωθεί μεγάλος αριθμός. Αν δεν τα κατάφερναν, θα ερχόταν το τέλος των δυο αντρών, το τέλος δυο Ιπποτών της Πίστης και ίσως, και το τέλος του ανθρώπινου γένους.

Ο νεαρός Πέτρος δεν είχε φτάσει μαζί τους στο εκκλησάκι, είχε φύγει για να ειδοποιήσει τους υπόλοιπους Ιππότες του τάγματος. Οι δυο άντρες έπρεπε να αντέξουν μέχρι να έρθουν οι ενισχύσεις. Έπρεπε να κρατήσουν τους χθόνιους κάτω από τη Γη, να τους κρατήσουν στο σκοτάδι, εκεί που ανήκαν.

Το έργο τους δεν ήταν εύκολο και όσο περνούσε η ώρα, θα γινόταν δυσκολότερο. Αυτοί ήταν μόλις δυο άνθρωποι, εκπαιδευμένοι φυσικά από νεαρά παιδιά στη μάχη, αλλά η κούραση δεν θα αργούσε να τους καταβάλει.

Τόσο ο Ιερέας, όσο και ο Πίτερ, είχαν πάρει θέσεις αριστερά και δεξιά από την είσοδο του χάσματος και πετσόκοβαν τα ανίερα πλάσματα με το που εμφανίζονταν. Είχαν ήδη σκοτώσει όσα είχαν προλάβει να βγουν, ή τουλάχιστον έτσι πίστευαν. Δεν μπορούσαν να είναι σίγουροι. Τα δύσμορφα αυτά πλάσματα γίνονταν ένα με το σκοτάδι. Δεν υπήρχε η δυνατότητα να ξέρουν αν είχε απομείνει κάποιο κρυμμένο κάπου, μέχρι να νιώσουν στο κορμί τους τα κοφτερά τους νύχια ή τα ρυπαρά τους δόντια που προεξείχαν από το στόμα τους και κάλυπταν σχεδόν το κάτω μέρος του άσχημου προσώπου τους.

Όλα έδειχναν να πηγαίνουν καλά. Οι δυο Ιππότες, ο κληρικός και ο λαϊκός, είχαν καταφέρει να ανακόψουν προσωρινά το πρώτο κύμα των τεράτων. Πλέον, άκουγαν απλώς τα γρυλίσματα και την υποτυπώδη γλώσσα επικοινωνίας τους, βαθιά μέσα από τη γη. Μπορούσαν, επιτέλους, να πάρουν μια ανάσα.

Ο Πατέρας Ιερόθεος χαμογέλασε λαχανιασμένος στον Πίτερ.

«Ίσως και να τα καταφέραμε», είπε.

Ο Πίτερ κοίταξε το πρόσωπο του Ιερέα στο χαμηλό φως που έριχναν τα κεριά της εκκλησίας και ξαφνικά πάγωσε. Ένα μακρύ και αδύνατο χέρι με γαμψά, σκουρόχρωμα νύχια, άρπαξε το λαιμό του. Ο Ιερέας άπλωσε αμέσως το χέρι του και έχωσε το εγχειρίδιο που κρατούσε στο θαμπό μάτι του τέρατος.

Ο Πίτερ κατέρρευσε μαζί με το χθόνιο. Η τελευταία κίνηση του τέρατος πριν ξεψυχήσει, ήταν να σφίξει τα δάχτυλά του, απαγορεύοντας στον αέρα να περνά στα πνευμόνια του ιππότη. Ο Ιερέας προσπάθησε να ξεκολλήσει το χέρι του τέρατος από το λαιμό του Πίτερ, αλλά δεν τα κατάφερε. Τα δάχτυλα είχαν πετρώσει γύρω από το λαιμό του ετοιμοθάνατου άντρα.

Το χέρι του Πίτερ υψώθηκε και άγγιξε τον καρπό του Ιερόθεου. Στα μάτια του, υπήρχε ένα βλέμμα γαλήνης και σιωπηρής αποδοχής. Είχε έναν τιμημένο θάνατο. Η ζωή του έφτανε στο τέλος της, αλλά ο άντρας έκανε αυτό για το οποίο είχε εκπαιδευτεί από το Ιπποτικό τάγμα του. Αυτό που έκαναν και χιλιάδες άλλοι Ιππότες στα βάθη των αιώνων. Προστάτευε την ανθρωπότητα. Χάριζε τη ζωή του για το κοινό καλό.

Ο Πατέρας Ιερόθεος ψιθυρίζοντας μια προσευχή, μετακινήθηκε μακριά από το νεκρό πια Πίτερ και ξαναπήρε την αρχική του θέση. Οι ήχοι από το χάσμα ακούγονταν, πλέον, πολύ κοντά. Οι χθόνιοι έρχονταν. Ο Ιερέας στήριξε γερά το κορμί του και ετοιμάστηκε. Ξαφνικά, ο χώρος φωτίστηκε από το φως δυνατών προβολέων. Ο Πέτρος με τους υπόλοιπους ιππότες είχαν φτάσει. Η νίκη σε αυτήν, την πρώτη μάχη, ήταν υπέρ της ανθρωπότητας.

Όσον αφορά στις υπόλοιπες μάχες που οδήγησαν στον πόλεμο εναντίον των χθόνιων που μαίνεται στις μέρες μας, όπως και στα λάθη που έγιναν, θα σου τα περιγράψω φίλε μου μια άλλη φορά. Αν σου τα περιγράψω σε κάποια αίθουσα σχολείου θα είναι πια Ιστορία. Αν σου τα περιγράψω σε κάποιο κρυμμένο από τους χθόνιους σημείο, θα είναι ενημέρωση για να μπεις κι εσύ στον αγώνα. Αν πάλι σου τα περιγράψω μετά από πολλά, πολλά χρόνια μπροστά σε κάποιο τζάκι, τότε φίλε μου, θα είναι σίγουρα ένα παραμύθι για μεγάλα παιδιά.

ΤΟ ΣΕΝΤΟΥΚΙ

Το κρύο έκανε τα κόκαλα του να τρίζουν. Αναγκαζόταν να κρατάει με το ένα του χέρι, την κουκούλα της κάπας του για να μην την πάρει ο αέρας. Απέναντί του, βρίσκονταν τα πανύψηλα τείχη της πόλης. Ήταν πραγματικά αδύνατο να μπει μέσα μόνος του, χωρίς βοήθεια. Σφύριξε άλλη μια φορά όσο πιο δυνατά μπορούσε, γιατί η δύναμη του αέρα σχεδόν μηδένιζε τους ήχους. Ο χρόνος περνούσε και δεν έβλεπε καμία κίνηση. Θα ήταν κρίμα να πάει όλο αυτό το ταξίδι χαμένο. Τόσος καιρός στο δρόμο. Τόσες προσπάθειες και κόποι. Ένα όνειρο ζωής, το οποίο απείχε ελάχιστα από την ολοκλήρωσή του.

Στην αρχή, νόμισε πως έκανε λάθος. Μετά, σιγά σιγά, το αμυδρό φως που είχε διακρίνει για μια και μόνο στιγμή, πήρε τη μορφή δάδας. Μια μικρή σιδερένια πόρτα είχε ανοίξει, ίσα για να χωρέσει να περάσει το χέρι που κρατούσε τη δάδα. Ο άγνωστος συνεργάτης είχε τελικά έρθει. Επιτέλους, μπορούσε να περάσει στο τελευταίο μέρος του ταξιδιού του.

Κατέβασε την κουκούλα χαμηλά στο πρόσωπό του και με αργά βήματα, άρχισε να περπατάει προς την πόρτα. Ψηλά, επάνω στα τείχη, μπορούσε να ακούσει τους φρουρούς που σιγομουρμούριζαν μεταξύ τους. Τάχυνε το βήμα του και η μικρή πόρτα έκλεισε πίσω του. Τα είχε καταφέρει. Είχε μπει στην πόλη. Ακολουθούσε τα βήματα που είχαν περπατήσει τόσοι πρόγονοί του πριν από αυτόν.

Αισθάνθηκε στην πλάτη του ένα άτσαλο ακούμπημα. Έβγαλε μέσα από την κάπα του το σακουλάκι με το χρυσάφι και το έδωσε στον άγνωστο. Αυτός του έδωσε τη δάδα και με το ίδιο χέρι, άρπαξε το σακουλάκι. Έριξε μια φευγαλέα ματιά στο πρόσωπό του, προτού ο άντρας γυρίσει από την άλλη και εξαφανιστεί μέσα στο σκοτάδι.

Το μόνο που πρόλαβε να δει, ήταν δυο κενά μάτια. Δυο μάτια χωρίς κανέναν στόχο στη ζωή. Μια ζωή χωρίς νόημα. Έβγαλε το χάρτη που είχε αντιγράψει γι' αυτόν ο πατέρας του, προτού εξαφανιστεί στην αναζήτηση που πλέον εξαρτιόταν από τον ίδιο. Το ίδιο είχε κάνει κι αυτός για το δικό του γιο και μέχρι και τετρακόσια χρόνια πίσω, όλοι οι πατεράδες της οικογενείας του για τους γιούς τους.

Έριξε μια τελευταία ματιά στο χάρτη, το χάιδεψε απαλά με το δάχτυλό του και ξεκίνησε. Δεν είχε να καλύψει μεγάλη απόσταση, αλλά έπρεπε να μην καταλάβει κανείς την ύπαρξή του. Έπρεπε να περάσει μέσα από την πόλη σαν σκιά και να φτάσει στο ναό.

Βγαίνοντας από τα τείχη, στο εσωτερικό πια της πόλης, είδε με ικανοποίηση ότι ο φωτισμός ήταν ελάχιστος. Ένα δαδί ανά διακόσια περίπου μέτρα. Ίσα που μπορούσε κανείς να δει το δρόμο του για να περπατήσει. Πέταξε το δαδί που κρατούσε, μέσα στο διάδρομο που περνούσε κάτω από τα τείχη, και έκλεισε την ξύλινη πόρτα. Περίμενε λίγο για να συνηθίσουν τα μάτια του στο μισοσκόταδο και ξεκίνησε.

Ο ναός φαινόταν στο κέντρο της πόλης, προεξέχοντας πάνω από τα χαμηλά σπίτια, σαν τη ραχοκοκαλιά ενός τέρατος που ετοιμάζεται να τα καταβροχθίσει. Κάπου ανάμεσα στα στενά, άκουσε φωνές. Κάποιοι συζητούσαν δυνατά, χωρίς να νοιάζονται αν θα τους ακούσουν. Σίγουρα, κάποια περίπολος του άρχοντα της πόλης. Λίγα μέτρα πιο πέρα, υπήρχε μια στοίβα με ξύλα και πιο δίπλα, το κάρο με το οποίο τα είχαν κουβαλήσει μέχρι εκεί.

Περπατώντας σκυφτά, από τοίχο σε τοίχο, κρύφτηκε κάτω από το κάρο. Λίγα λεπτά μετά, η περίπολος πέρασε από μπροστά του και σταμάτησε λίγα μέτρα πιο πέρα. Η συζήτηση άρχισε και πάλι.

«Κατάρα», σκέφτηκε, «εδώ βρήκαν να τα πουν;»

Τα δευτερόλεπτα κυλούσαν σαν ώρες. Αν καθυστερούσε κι άλλο, δεν θα προλάβαινε να τελειώσει πριν το πρώτο φως της αυγής. Οι ιερείς θα έμπαιναν στο ναό, θα τον έβρισκαν και όλο του το ταξίδι θα ήταν μάταιο.

Επιτέλους, η περίπολος συνέχισε το δρόμο της. Βγήκε από την κρυψώνα του και συνέχισε να περπατά προς το ναό. Μπορούσε πια να δει την τεράστια σκαλισμένη με εικόνες από την κόλαση πόρτα του. Δεν υπήρχε κλειδαριά στο ναό. Τα σχέδια που διακοσμούσαν την πόρτα του, ήταν σαν χίλια λουκέτα για τους χωρικούς αυτής της πόλης. Οι ευγενείς, απλά, δεν ενδιαφέρονταν να την περάσουν.

Με ένα ελαφρύ τρέξιμο, πέρασε το δρόμο. Άνοιξε ελάχιστα την πόρτα και μπήκε μέσα. Ένα χαμόγελο σχηματίστηκε στο πρόσωπό του. Ήταν κοντά, ήταν πάρα πολύ κοντά. Το μόνο που του έμενε να κάνει ήταν να βρει τον τυφλό τοίχο πίσω από το άγαλμα και να κατέβει στο υπόγειο. Κοίταξε γύρω του. Σε κάθε γωνία του κλίτους, υπήρχε και ένα άγαλμα. Ένα για κάθε Αρχιερέα του ναού. Αυτό που έψαχνε ήταν του Σέξτου, του ιερέα που ίδρυσε το ναό.

Στο βάθος, αριστερά από το ιερό, τον είδε. Δεν θα μπορούσε ποτέ να λαθέψει σε αυτό το ζωώδες πρόσωπο. Το έβλεπε κάθε μέρα σαν παιδί, στο βιβλίο του πατέρα του. Το έβλεπε σχεδόν κάθε βράδυ στα όνειρά του. Ήταν αυτός που είχε ατιμάσει τον πρόγονό του. Αυτός που είχε καταστρέψει το όνομα της οικογενείας του.

Με αποφασιστικά βήματα, πέρασε πίσω από το άγαλμα. Το κενό ήταν εκεί. Η είσοδος για το υπόγειο ήταν σε κοινή θέα, μα κανείς δεν μπορούσε να τη δει στο σκοτάδι που κάλυπτε το πίσω μέρος του τεράστιου αγάλματος. Δρασκέλισε τα σκαλοπάτια δυο-δυο και κατέβηκε στο υπόγειο. Το ταξίδι του έφτανε στην ολοκλήρωσή του. Μπροστά του, λίγα μέτρα μόλις από το άγγιγμά του, βρισκόταν το σεντούκι που θα έφερνε το φως στο σκοτάδι που έπνιγε όλα αυτά τα χρόνια την οικογένειά του.

Κοιτούσε το σεντούκι και ένιωθε τα πόδια του να τρέμουν. Έψαχνε σχεδόν μια ολόκληρη ζωή για να το βρει. Πλέον, το είχε μπροστά στα μάτια του και δεν μπορούσε να το πιστέψει. Ήταν όπως ακριβώς το είχε φανταστεί. Φτιαγμένο από κόκκινο ξύλο και ντυμένο με λευκό δέρμα. Στο σημείο που το καπάκι ακουμπούσε στο κάτω μέρος, είχε μια λεπτή γραμμή από ασήμι ή κάτι παρόμοιο. Θα μπορούσε να είναι και από ελεφαντόδοντο. Η κλειδαριά που κρατούσε το σεντούκι σφαλιστό, ήταν σκαλισμένη στο χέρι. Το σχέδιο που την διακοσμούσε, αν και αριστοτεχνικά φτιαγμένο, δεν έβγαζε κάποιο ξεκάθαρο νόημα.

Πήρε μια βαθιά ανάσα, προσπαθώντας να ηρεμήσει. Η στιγμή που περίμενε τόσα χρόνια. Η κληρονομιά της φαμίλιας του. Το τέλος μιας αναζήτησης που ξεκίνησε πριν από τετρακόσια χρόνια σε ένα μοναστήρι στην Κωνσταντινούπολη. Όλα αυτά, τελείωναν σήμερα.

Είχαν χαθεί ήδη τέσσερα μέλη της οικογενείας του σε αυτή την αναζήτηση, μέσα στους τέσσερεις αυτούς αιώνες. Έφτανε επιτέλους το πλήρωμα του χρόνου και η ολοκλήρωση θα δινόταν από αυτόν.

Περηφάνια κατέκλυσε την καρδιά του. Πλέον, οι ψυχές των προγόνων του θα μπορούσαν να συνεχίσουν το ταξίδι τους. Θα μπορούσαν να συναντήσουν τον υπέρτατο δημιουργό και να καθίσουν στα δεξιά του. Το όνομα της φαμίλιας του θα αποκτούσε και πάλι την παλιά του αίγλη.

Με δάκρυα στα μάτια, γονάτισε και κοίταξε την κλειδαριά από κοντά. Δεν ήταν κάτι ιδιαίτερο. Μπορούσε να την ανοίξει και θα την άνοιγε. Το μυαλό του πήγε στον Κωνστάντιο, τον γενάρχη της οικογενείας του. Σε έναν άνθρωπο που είχε τιμήσει τη γενιά του και το θεό και ο οποίος στιγματίστηκε από την ατιμία, όταν κατηγορήθηκε ότι συντάχθηκε με το δαίμονα. Οι κατακτητές της Βασιλεύουσας, μην μπορώντας να απαλλαγούν από αυτόν με άλλο τρόπο, σπίλωσαν το όνομά του. Τον κατέστρεψαν, με ψευδείς και άδικες κατηγόριες. Τον έκαναν να εξαφανιστεί από το πρόσωπο της Γης. Σήμερα, όλα αυτά θα τελείωναν.

Έβγαλε από την εσωτερική τσέπη της κάπας του, τα εργαλεία που θα τον βοηθούσαν να ξεκλειδώσει το σεντούκι. Τα εργαλεία που θα του επέτρεπαν να φέρει στο φως, τις αποδείξεις πως όλα όσα είχαν ειπωθεί πριν τόσους αιώνες, ήταν ψέματα. Πήρε στα χέρια του δυο λεπτά σύρματα, τροχισμένα και λυγισμένα στα κατάλληλα σημεία και πλησίασε το πρόσωπό του κοντά στη σκαλιστή κλειδαριά. Το σχέδιό της άρχισε να αποκτά νόημα, κοιτάζοντάς την από τόσο κοντά. Παρουσίαζε έναν κερασφόρο άνδρα με το τρομακτικό του στόμα ανοικτό. Η γλώσσα του μακριά και κυματιστή, έδειχνε με έναν πρόστυχο τρόπο προς μια σειρά ανδρών με μανδύες. Οι άντρες ήταν τέσσερεις και στέκονταν στη σειρά, ο ένας πίσω από τον άλλο.

Καθάρισε το μυαλό του και έλεγξε την ανάσα του. Με σταθερά πλέον δάχτυλα, τοποθέτησε τα σύρματα μέσα στην κλειδαριά. Με απαλές κινήσεις, εντόπισε τα σημεία επαφής του μηχανισμού και ελάχιστα δευτερόλεπτα αργότερα, άκουσε τον πολυπόθητο ήχο του ξεκλειδώματος της κλειδαριάς. Άφησε τα σύρματα να πέσουν από τα χέρια του και σηκώθηκε όρθιος. Έπιασε το καπάκι και με μια απότομη, αποφασιστική κίνηση, το άνοιξε.

Στην αρχή, δεν είδε τίποτα απολύτως. Μια παράξενη σκοτεινιά κάλυπτε το εσωτερικό του σεντουκιού. Έμοιαζε λες και για κάποιο λόγο, το φως δεν μπορούσε να εισχωρήσει στο εσωτερικό του. Μια στιγμή μετά, είδε μια κόκκινη λάμψη να έρχεται από κάπου πολύ βαθιά προς το μέρος του. Δεν ήταν δυνατό να είναι τόσο βαθύ το σεντούκι. Αυτό που του έλεγαν τα μάτια του, ήταν παράλογο.

Η λάμψη συνέχισε να τον πλησιάζει με όλο και μεγαλύτερη ταχύτητα. Ο άντρας έκανε ασυναίσθητα ένα βήμα προς τα πίσω. Ένα βήμα που όμως, δεν απέφερε κανένα κέρδος. Η λάμψη κάλυψε όλο το χώρο και γέμισε τα μάτια, την ψυχή και το μυαλό του.

Το σεντούκι έκλεισε μόνο του. Ο άνδρας δεν φαινόταν πουθενά. Στο σκάλισμα της κλειδαριάς υπήρχαν πλέον, πέντε άνδρες με μανδύες μπροστά από το δαίμονα. Το σεντούκι είχε τραφεί για έναν ακόμη αιώνα.

Ο ΓΕΡΟΝΤΑΣ ΚΑΙ ΤΟ ΔΑΣΟΣ

Το δάσος είναι μαύρο σαν την πίσσα από το σημείο που το κοιτάζει ο γέροντας. Τα δέντρα φυτρώνουν τόσο κοντά το ένα στο το άλλο που θυμίζουν εραστές σε ένα ατέρμονο αγκάλιασμα. Το φως περνά μετά βίας μέσα από το φύλλωμα που στεφανώνει τους τεράστιους κορμούς, για να πέσει και να εξαφανιστεί στην πυκνή χαμηλή βλάστηση του εδάφους. Πόσο δίκιο είχαν οι αμόρφωτοι και πιστοί στις προκαταλήψεις παππούδες του, που από μικρό παιδί τον είχαν μάθει να φοβάται αυτό το συγκεκριμένο μέρος του χωριού του.

Ακόμα θυμάται, στα ενενήντα του τώρα πια και μετά από τα πολλά χρόνια που πέρασε κλεισμένος στο ψυχιατρείο, τη γιαγιά του να του μιλά για νεράιδες και ξωτικά, για συγχωριανούς τους που είχαν μπει στο δάσος και δεν ξαναβγήκαν ποτέ. Σαν παιδί φυσικά το φοβόταν και ουδέποτε πέρασε τα όρια που έχτιζαν οι πελώριοι κορμοί στις παρυφές του. Πολύ αργότερα, φτάνοντας στην εφηβεία, πριν αρρωστήσει, άρχισε να πιστεύει πως απλά, το δάσος ήταν ένα επικίνδυνο μέρος για μικρά παιδιά και πως εκεί οφείλονταν τα τρομακτικά λόγια της νεκρής πια γιαγιάς του. Εξακολουθεί να το αποφεύγει ωστόσο, μιας και κάποια πράγματα ριζώνουν στο μυαλό και δεν φεύγουν ποτέ.

Θυμάται αμυδρά την περίπτωση ενός παλικαριού που χάθηκε για δυο βράδια με τη φιλενάδα του μέσα στα πυκνά δέντρα. Η κοπέλα δεν βρέθηκε ποτέ και το παλικάρι κατέληξε σε ψυχιατρείο. Το είχαν βρει να περιπλανιέται μόνο του και σε άθλια κατάσταση, αρκετά μακριά από τα τελευταία σπίτια του χωριού. Οι ντόπιοι είχαν μιλήσει τότε για εγκυμοσύνη και δολοφονία.

Την ώρα που ο γέροντας ζει μέσα από τις σκόρπιες αναμνήσεις του, λίγα μέτρα πιο πέρα από το σημείο που πέφτει η ματιά του, δυο νεαρά παιδιά περπατούν χέρι-χέρι σε ένα μονοπάτι που πάει προς το δάσος, με όλη τη δροσιά, την ξενοιασιά και την ενεργητικότητα που τους χαρίζουν τα 16 τους χρόνια.

Έχει ήδη αρχίσει να σκοτεινιάζει και η διέγερσή τους, πέρα από το γεγονός πως είναι μόνοι, μακριά από αδιάκριτα βλέμματα, αυξάνεται και από τον ελαφρύ φόβο που αισθάνονται. Το αγόρι, ο Παύλος, φυσικά δεν φοβάται ή μάλλον, έτσι λέει.

> «Έλα βρε Σάσα, αφού είμαι εγώ μαζί σου, τι φοβάσαι; Θα επέτρεπα ποτέ να σου συμβεί οποιοδήποτε κακό;»

Το κορίτσι, η Σάσα, άλλο που δεν θέλει. Από τη μια πλευρά φοβάται, αλλά από την άλλη, όσο πιο σφιχτά την αγκαλιάζει το αγόρι, τόσο πιο όμορφα αισθάνεται. Είναι ερωτευμένη μαζί του από το δημοτικό. Η μικρόσωμη κοπέλα, αισθάνεται σήμερα πως το πιο τρελό της όνειρο γίνεται πραγματικότητα.

Ο Παύλος, μοιάζει στα μάτια της με αρχαίο θεό. Το αγόρι είναι γιγαντόσωμο, τα πανέμορφα μάτια του βρίσκονται σχεδόν δυο κεφάλια πάνω από τα δικά της και τα μαλλιά του, κυματίζουν νωχελικά στο ελαφρύ αεράκι. Πολλές φορές, η κοπέλα αναρωτιόταν τι της εύρισκε, αλλά αφού το εύρισκε αυτός, της Σάσας της περίσσευε. Έχει αποφασίσει να τον αφήσει σήμερα να της δώσει το πρώτο τους φιλί.

Στο χωριό, τα πράγματα είναι περίεργα. Και μόνο που τους βλέπουν να κάνουν τόσο πολύ παρέα, ψιθυρίζονται διάφορα. Τα παιδιά είναι ζευγάρι κοντά κάνα μήνα, αλλά κάτι το σχολείο, κάτι το χωριό, έχουν καταφέρει ίσα-ίσα να κρατηθούν από το χέρι, κάποια απογεύματα μετά το μάθημα. Το χωριό είναι μικρό και ο κόσμος περίεργος. Δεν πρέπει να δίνουν δικαιώματα.

Η τύχη τους άλλαξε το μεσημέρι που η καθηγήτριά τους, τους έκανε ομάδα σε μια εργασία για τη βιολογία. Έπρεπε είπε, να πάνε στο δάσος και να μαζέψουν διάφορα έντομα και φυτά. Η Σάσα ούτε καν νοιάστηκε για το αν θέλει να ακουμπήσει τα έντομα. Είχε πλέον δικαιολογία για να εξαφανιστεί με τον Παύλο μέσα στο δάσος και μάλιστα, με τις ευλογίες του σχολείου.

«Σάσα, δεν καθόμαστε λιγάκι;» ακούγεται η φωνή του Παύλου, λίγο πριν τη σηκώσει στην αγκαλιά του.

Το λατρεύει αυτό τα κορίτσι, είναι τόσο μικροκαμωμένη που στα χέρια του μοιάζει με κούκλα. Την ακουμπά απαλά επάνω σε έναν πεσμένο κορμό και την κοιτάζει βαθιά στα μάτια. Δεν χρειάζεται τίποτε άλλο. Τα χείλη τους ακουμπούν και η μαγεία, τους τυλίγει στα χρυσά φτερά της. Ο χρόνος μοιάζει να έχει σταματήσει, δεν ακούγεται ο παραμικρός ήχος. Ο κόσμος όλος περιλαμβάνει αυτούς τους δυο και τίποτε άλλο. Το ίδιο απαλά όπως την σήκωσε, την ακουμπά και πάλι κάτω.

«Εύχομαι να μην τελειώσει ποτέ αυτή η στιγμή», της λέει.

Βλέπει δάκρια να κυλούν από τα μαύρα μάτια της και με τον αντίχειρα του δεξιού του χεριού, τα σκουπίζει, κοιτώντας την ερωτηματικά.

«Είναι δάκρια ευτυχίας», του λέει η Σάσα με αγάπη. «Το περίμενα πάρα πολύ καιρό αυτό το φιλί».

Ο Παύλος γυρνά το κεφάλι του στο πλάι, κάνοντας ότι κοιτάζει κάτι. Δεν θέλει να δει η κοπέλα την υγρασία στα δικά του μάτια. Οι άντρες δεν κλαίνε. Αυτό που βλέπει ωστόσο, τον εκπλήσσει. Σε απόσταση ελάχιστων εκατοστών από το πρόσωπό του, στέκεται ένα ζουζούνι. Πραγματικά στέκεται όμως, ακίνητο στο ίδιο σημείο. Δεν κουνά τα φτερά του και δεν πετάει, απλά στέκεται σε εκείνο το σημείο, λες και κρέμεται από αόρατες κλωστές.

«Σάσα, κοίτα!» λέει και γυρνά το πρόσωπό του προς την κοπέλα.

Τα μάτια της κοπέλας είναι προσηλωμένα σε ένα σημείο λίγο πιο πέρα από αυτόν και τα χείλη της τρέμουν.

«Παύλο, τι γίνεται; Δεν ακούω τίποτα απολύτως, εκτός από μας. Κάτι δεν πάει καλά».

Το παλικάρι πιάνει το χέρι της και την τραβά απαλά προς το μέρος του.

«Πάμε να φύγουμε! Δεν μ αρέσει εδώ».

Τα δέντρα όσο τα παιδιά περπατούν, γίνονται πυκνότερα. Τα φύλλα τους σχεδόν κρύβουν τον ήλιο. Τότε, τον βλέπουν. Ο Παύλος σφίγγει το χέρι της κοπέλας και την τραβά πίσω του. Στη μέση του μονοπατιού, στέκεται ένας άντρας. Φορά μόνο ένα παλιό, πολύ φθαρμένο παντελόνι. Το κορμί του έχει σκούρο χρώμα και γυαλίζει σαν τον έβενο. Τα γυμνά του πόδια, είναι λασπωμένα λες και περπατά μονίμως στο χώμα, χωρίς να φορά ποτέ παπούτσια.

«Καλησπέρα», λέει το αγόρι.

Ο άντρας απλά κάθεται ακίνητος. Δεν δείχνει καν να τον ακούει ή έστω, να αντιλαμβάνεται την παρουσία των παιδιών.

«Καλησπέρα», λέει και πάλι ο Παύλος.

Το πρόσωπο του άντρα συσπάται. Ανεβάζει τα μάτια του στο ύψος του προσώπου του Παύλου και τον κοιτάζει. Το πρόσωπο του άντρα είναι σκυθρωπό, μοιάζει να σκέφτεται. Το βλέμμα του αρχίζει να ταξιδεύει στο πρόσωπο του Παύλου, μέχρι που προσέχει τη Σάσα που σχεδόν δεν φαίνεται πίσω του.

Με μια αργή κίνηση του κεφαλιού του, τα κλαδιά των δέντρων αρχίζουν να τρίζουν και να κινούνται. Τα δυο παιδιά κοιτάζουν γύρω τους, αδυνατώντας να πιστέψουν αυτό που βλέπουν. Τα κλαριά χαμηλώνουν περισσότερο και σαν να είναι χέρια, εγκλωβίζουν το αγόρι ανάμεσά τους και το σηκώνουν ψηλά, πάνω από το έδαφος.

Ο Παύλος ακούει έναν απαίσιο ήχο, αλλά σχεδόν αμέσως, καταλαβαίνει πως ακούει τη δική του φωνή. Ουρλιάζει σαν παιδάκι. Προσπαθεί να συνεφέρει τον εαυτό του. Να διώξει το φόβο που κατακλύζει την ψυχή του. Στο πίσω μέρος του μυαλού του, ξέρει πως πρέπει να βρει έναν τρόπο να αντιδράσει. Πρέπει να βγάλει τον εαυτό του, αλλά πρωτίστως τη Σάσα, από αυτή την κατάσταση. Ο άντρας συνεχίζει να τον κοιτά με αδιευκρίνιστο βλέμμα.

Τα μάτια του πέφτουν στη Σάσα και αρχίζουν να ταξιδεύουν λάγνα στο νεανικό κορμί της.

«Είσαι όμορφη», της λέει, «θα μου δώσεις καλούς γιούς».

Η Σάσα κάνει ασυναίσθητα ένα βήμα προς τα πίσω, αλλά η πλάτη της ακουμπά σε ξύλο. Τα δέντρα που έχουν αρπάξει τον Παύλο, τους έχουν περικυκλώσει. Δεν υπάρχει καμία διέξοδος.

Τα μάτια του άντρα ταξιδεύουν και πάλι στον Παύλο.

«Σε πειράζει αν την κάνω δικιά μου;»

Ένας πρόστυχος καγχασμός, ένα υποτυπώδες γέλιο ακούγεται από κάπου μέσα του και η άκρη της γλώσσας του βγαίνει ελάχιστα έξω από το στόμα του, σαν να γεύεται τον αέρα.

Ο Παύλος παλεύει μανιασμένα να ξεφύγει από τα κλαριά που τον κρατούν δεμένο, ενώ αίμα κυλά από τα χέρια και την πλάτη του, στα σημεία που τα κλαριά κρατούν δεμένο το κορμί του.

«Προτιμώ να πεθάνω», απαντά.

«Μπορεί και να σου κάνω τη χάρη!» ακούγεται η βραχνή φωνή του άντρα.

Ο άντρας γυρνά το βλέμμα του στη Σάσα και τα χείλη του ψιθυρίζουν κάτι απροσδιόριστο. Με μιας, το πρόσωπο της κοπέλας αλλάζει. Το βλέμμα της χάνει την αθωότητά του. Η παιδικότητα εξαφανίζεται από την εμφάνισή της και η κοπέλα μοιάζει πια με ώριμη γυναίκα. Το βλέμμα της γίνεται πιο πονηρό, πιο πρόστυχο. Ο Παύλος αποστρέφει το πρόσωπό του, για να μην τη βλέπει. Αυτή η γυναίκα δεν είναι η Σάσα του. Δεν μπορεί να είναι αυτή.

Το κορμί της Σάσας ορθώνεται. Το στήθος της αρχίζει να δείχνει μεγαλύτερο, πιο μεστό. Η γυναίκα που μοιάζει με τη Σάσα, η γυναίκα που θα γινόταν φυσιολογικά μετά από αρκετά χρόνια η Σάσα, χαϊδεύει τα μαλλιά της και κοιτά τον άντρα βαθιά μέσα στα μάτια.

«Σε θέλω», του ψιθυρίζει και βαδίζει προς το μέρος του.

Φτάνει μπροστά του και τυλίγει τα χέρια της γύρω του. Ο άντρας χαμογελά, κοιτάζει μια τελευταία φορά τον Παύλο και σηκώνοντάς τη στα χέρια του, χάνεται ανάμεσα στα δέντρα.

***

«Εφημερίδα: Ο Κήρυκας της Ευβοίας
25 Μαΐου 2005
Τραγωδία σε χωριό της Ευβοίας!

Στις 15 του μήνα, σύμφωνα με μαρτυρίες των κατοίκων, δυο μαθητές μπήκαν στο δάσος για μια σχολική εργασία. Τα παιδιά εξαφανίστηκαν και παρόλο που έψαξαν τόσο οι συγχωριανοί τους, όσο και μεγάλος αριθμός αστυνομικών, χτενίζοντας το δάσος, δεν βρέθηκε κανένα ίχνος τους. Οι ντόπιοι ανέφεραν πως υπάρχει ενδεχόμενο η κοπέλα να ήταν έγκυος και να κλέφτηκαν για να μην αντιμετωπίσουν τους γονείς της.

Τρεις ημέρες αργότερα ωστόσο, βρέθηκε το κορμί του νεαρού, μέσα στο δάσος σε άσχημη κατάσταση. Οι πληγές του έμοιαζαν να έχουν προκληθεί από ζώα, αλλά ο ιατροδικαστής δήλωσε πως το θανατηφόρο πλήγμα το δέχτηκε από κάποιο ξύλινο αντικείμενο που διαπέρασε την καρδιά του.

Οι έρευνες της αστυνομίας συνεχίζονται...»

***

Ο γέροντας καθισμένος στην αυλή του σπιτιού του, ακουμπά την εφημερίδα στο τραπεζάκι, δίπλα στον καφέ του. Κοιτάζει το δάσος απέναντι από το σπίτι του. Για κάποιο λόγο, η θεραπεία που ξεκίνησε πολλά χρόνια πριν στο ψυχιατρείο, δεν τον αφήνει να καταλάβει τι του θυμίζει το άρθρο της εφημερίδας. Βλέπει το πρόσωπο της συγχωρεμένης της γιαγιάς του. Ένα και μόνο δάκρυ κυλά από τα θαμπά από τον καταρράκτη μάτια του. Ποιος ξέρει, ίσως το δάκρυ να κυλά για τη γιαγιά του, ίσως για τα παιδιά που μιλά η εφημερίδα ή ίσως, για ένα παιδί που πολλά χρόνια πριν, είδε κάτι που δεν έπρεπε, έχασε έναν αγαπημένο άνθρωπο και κατέληξε στο ψυχιατρείο...

ΤΟ ΚΑΛΕΣΜΑ

Τη θάλασσα τη λάτρευε μια ζωή ολόκληρη. Αισθανόταν από μικρό παιδί ότι τον καλούσε. Δεν μπόρεσε ποτέ όμως, να βρει το ιδανικό επάγγελμα ή μέρος για να βρίσκεται μαζί της. Πάντα κάτι ήταν λάθος. Δούλεψε στη θάλασσα πολλά χρόνια. Μπάρκαρε από παιδί στα καράβια. Όταν κατάλαβε ότι δεν ήταν αυτό που πραγματικά ήθελε, αυτό που θα ολοκλήρωνε τη ζωή του, αγόρασε ένα παραλιακό ταβερνάκι. Ούτε κι εκεί όμως βρήκε τη γαλήνη. Παρόλο που βρισκόταν δίπλα της, δούλευε, κοιμόταν, ζούσε μαζί με τους ήχους της, τη μυρωδιά, την αλμυρή της γεύση, πάντα κάτι έλειπε.

Κόντευε να φτάσει τα σαράντα, όταν άρχισαν τα όνειρα. Κάθε βράδυ, έβλεπε μια συγκεκριμένη παραλία. Έβλεπε το ασημένιο φεγγαρόφωτο να ακουμπά στα γαλήνια νερά και να φτάνει σχεδόν μπροστά του. Τα βράχια να αντικατοπτρίζονται στο σκοτεινό αυτό καθρέφτη, σαν πίνακας από λάδι με σκούρα σοβαρά χρώματα. Δίπλα στο νερό, υπήρχε στο όνειρό του μια μικρή χειροποίητη αποβάθρα. Δέκα σανίδια όλα κι όλα που προχωρούσαν λίγο μέσα στο νερό και ένα μικρό ξύλινο βαρκάκι που χόρευε στο ελαφρύ αεράκι. Κάπου γύρω του, άκουγε στο όνειρό του μια γυναικεία φωνή να τον καλεί.

Κατάλαβε ότι αν ήθελε επιτέλους να ολοκληρωθεί αυτό το κάλεσμα, έπρεπε να βρει αυτή την παραλία. Έπρεπε να ανακαλύψει σε ποια ανήκε αυτή η φωνή. Παράτησε το ταβερνάκι, πούλησε τα υπάρχοντά του και αγόρασε μια μοτοσυκλέτα. Η παραλία στο όνειρό του, ήταν μεσογειακή. Σε αυτό, δεν έκανε λάθος. Είχε γεννηθεί λίγο έξω από την πόλη Σαγκρές της Πορτογαλίας. Στις δυο πλευρές του μικρού χωριού του, βρίσκονταν από τη μια τα παράλια της Μεσογείου και από την άλλη, τα παράλια του

Ατλαντικού. Μπορούσε με ευκολία να καταλάβει τις διαφορές τους, όσο μικρές και αν ήταν.

Μάζεψε τα λιγοστά πράγματα που θα του χρειάζονταν για το ταξίδι, φόρτωσε τη μοτοσυκλέτα και ξεκίνησε. Το σχέδιό του ήταν να ακολουθήσει τα παράλια της Μεσογείου και να κάνει τον κύκλο της, ξεκινώντας από την πόλη του και καταλήγοντας στην Ταγγέρη του Μαρόκου. Αν και πάλι δεν έβρισκε την παραλία του, θα ξεκινούσε να περιπλανιέται στα αμέτρητα νησιά της.

Το ταξίδι ήταν μακρύ, η μια παραλία ομορφότερη από την άλλη. Άλλες γεμάτες κόσμο και τουρισμό, άλλες ερημικές και δύσκολο να τις προσεγγίσει. Ο καιρός περνούσε, το μυαλό του κατακλυζόταν από ομορφιά. Η αγάπη του για τη θάλασσα συνέχιζε να του γεμίζει τη ζωή. Το κάλεσμα όμως, δεν ολοκληρωνόταν.

Μετά από αρκετούς μήνες, μήνες οι οποίοι αν έμπαιναν στη σειρά, θα δημιουργούσαν χρόνια, έφτασε στο γλυκοτραγουδισμένο Αλγέρι. Η παραλία ήταν φυσικά όπως πάντα υπέροχη, ο κόσμος φιλικός, τα νερά ήρεμα σαν λάδι, αλλά δεν ήταν και πάλι η δικιά του παραλία. Δεν ήταν η παραλία στην οποία ζούσε η γυναίκα που τον καλούσε. Η αλήθεια ήταν πως είχε αρχίσει να κουράζεται. Είχε αφήσει το ταβερνάκι του στη μέση του χειμώνα και πλέον, είχε περάσει έναν ακόμα χειμώνα στο δρόμο και το καλοκαίρι κόντευε να τελειώσει.

Σταμάτησε σε μια πλατεία και έκατσε σε ένα μικρό καφέ. Παρήγγειλε κάτι δροσερό να πιεί και πήρε στα χέρια του ένα περιοδικό που ήταν παρατημένο επάνω στο τραπέζι. Πιο πολύ το ήθελε για να το χρησιμοποιήσει σαν βεντάλια και να δροσίσει το κόκκινο από τον ήλιο πρόσωπό του, παρά για κάτι άλλο. Ούτως ή άλλως, δεν μπορούσε να διαβάσει τη γλώσσα που ήταν γραμμένο. Άρχισε να το κουνά πέρα-δώθε, απολαμβάνοντας τη δροσιά που του πρόσφερε και τότε, πάγωσε. Εκεί, στην πρώτη σελίδα, βρισκόταν η παραλία του. Κάτι έγραφε με τα κυματιστά γράμματα που χρησιμοποιούν στην Αλγερία και ακριβώς από κάτω, υπήρχε μια φωτογραφία με τη μικρή προβλήτα και το βαρκάκι. Ένιωσε τα μάτια του να υγραίνονται και μια λαχτάρα στην ψυχή του. Τη βρήκε. Επιτέλους, βρήκε την παραλία του.

Φώναξε το σερβιτόρο και του έδειξε το περιοδικό. Προσπάθησε με τα ελάχιστα Γαλλικά του, να μάθει που είχε τραβηχτεί η φωτογραφία. Ο σερβιτόρος αρχικά μπερδεύτηκε, αλλά ξαφνικά μια λάμψη φάνηκε στα μάτια του.

«Καρτ», του είπε, «μαπ» και του έδειξε το σακίδιο που είχε ακουμπισμένο στο ντεπόζιτο της μοτοσυκλέτας.

Στην εξωτερική τσέπη, διακρινόταν ο χάρτης της περιοχής που είχε μαζί του. Πετάχτηκε όρθιος και έδωσε το χάρτη στο σερβιτόρο. Αυτός, τον ακούμπησε στο τραπεζάκι και βγάζοντας ένα μολύβι από το τσεπάκι του πουκαμίσου του, σχεδίασε επάνω στο χάρτη μια διαδρομή. Σήκωσε τα μάτια και τον κοίταξε χαμογελώντας.

«Μούιτο Ομπριγκάδο», ήταν το μόνο που κατάφερε να ψελλίσει.

Πέταξε ένα χαρτονόμισμα επάνω στο τραπέζι, άρπαξε το χάρτη και το περιοδικό, καβάλησε τη μοτοσυκλέτα και ξεκίνησε για το τελευταίο μέρος του ταξιδιού του, αλλά και του καλέσματος ολόκληρης της ζωής του.

Το ξημέρωμα της επόμενης ημέρας, έφτασε στην παραλία του. Όλα ήταν όπως τα έβλεπε κάθε βράδυ στα όνειρά του. Τα δυο βουνά αριστερά και δεξιά του κολπίσκου που έσβηναν αγγίζοντας το νερό. Η ξανθή, ψιλή άμμος που αγκάλιαζε και ζέσταινε τα γυμνά του πόδια. Η μικρή ξύλινη προβλητούλα που προχωρούσε λίγα μόλις μέτρα μέσα στο νερό. Ακόμη και το βαρκάκι βρισκόταν εκεί, δεμένο με ένα σχοινί σε ένα από τα πόδια της μικρής προβλήτας.

Η καρδιά του κόντευε να σπάσει από χαρά. Παρόλο που δεν είχε βρει τη γυναίκα ακόμη, αισθανόταν ότι βρισκόταν πιο κοντά από ποτέ στον προορισμό του. Περπάτησε στην άμμο και βγάζοντας το μπλουζάκι που φορούσε, βούτηξε στη θάλασσα. Το ζεστό νερό ξέπλυνε αμέσως την κούραση από το κορμί του. Αφέθηκε ελεύθερος και αισθάνθηκε να ανεβάζει το κορμί του η ίδια η θάλασσα ψηλά. Έκλεισε τα μάτια του και φώναξε, χωρίς να τον ενδιαφέρει αν θα τον ακούσει κανείς.

«Έου στόου ακί, έου σεκέι», είμαι εδώ, έφτασα.

Αρκετή ώρα αργότερα, βγήκε από το νερό και ξάπλωσε στην παραλία. Η αγαλλίαση γέμιζε την καρδιά του. Το μόνο που του απέμενε ήταν να βρει τη γυναίκα που τον καλούσε στα όνειρά του. Πίστευε ή μάλλον, ήξερε πως ήταν πια, θέμα χρόνου. Στο όνειρό του, η φωνή της ακουγόταν όταν το φεγγάρι βρισκόταν ψηλά, πάνω από τη θάλασσα. Θα περίμενε. Θα την περίμενε, όσος καιρός και αν χρειαζόταν.

Πήρε από τη μοτοσυκλέτα το σακίδιό του και έβγαλε από μέσα το χάρτη και το περιοδικό. Τα ακούμπησε μπροστά του στην άμμο και έμεινε εκεί, κοιτάζοντάς τα για πολλές ώρες. Όταν σήκωσε και πάλι το κεφάλι και κοίταξε τον ορίζοντα, το φεγγάρι βρισκόταν στη σωστή του θέση. Η εικόνα που αντίκριζε ήταν αυτή των ονείρων του.

Σηκώθηκε όρθιος και περπάτησε προς την ξύλινη προβλήτα. Από κάπου μακριά, άκουσε μια γυναικεία φωνή να τον καλεί. Τάχυνε το βήμα του και ανέβηκε στα μαδέρια της προβλήτας. Στο τέλος της, είδε ένα χέρι με μακριά όμορφα δάχτυλα να ακουμπά το ξύλο και στη συνέχεια, το πρόσωπο μιας πανέμορφης νέας γυναίκας να ξεπροβάλει χαμογελαστό. Το νερό κυλούσε στα απαλά χαρακτηριστικά της, δίνοντάς της την ασημένια απόχρωση του φεγγαριού. Τα σκούρα μακριά μαλλιά της, έπεφταν υγρά στους κατάλευκους ώμους της και κάλυπταν σχεδόν το νεανικό της στήθος.

Μαγεμένος από την ομορφιά της, χαμογέλασε κι αυτός. Το δεξί χέρι της γυναίκας σηκώθηκε και του έκανε ένα απαλό νεύμα, προσκαλώντας τον να την πλησιάσει. Το κενό που αισθανόταν από παιδί στα βάθη της ψυχής του, είχε πλέον καλυφθεί. Τα λίγα βήματα που απέμεναν για να φτάσει στη γυναίκα, τον οδηγούσαν επιτέλους στην ολοκλήρωση.

Ο ήλιος είχε πάρει από ώρα τη θέση του φεγγαριού και το ασημένιο χρώμα της νύχτας είχε δώσει τη θέση του στην ολόχρυση φωτεινότητα της ημέρας. Ένας σκουρόδερμος άντρας πλησίασε, περπατώντας αργά, τη μοτοσυκλέτα. Είδε ένα μπλουζάκι πεταμένο στην άμμο και δίπλα του, ένα σακίδιο, ένα χάρτη και ένα περιοδικό. Κοίταξε γύρω του, μα δεν υπήρχε κανείς. Το βλέμμα του αγκάλιασε τα ασημένια νερά και μετά, σκύβοντας, έπιασε το περιοδικό στα χέρια του. Τράβηξε λίγο ψηλότερα την κελεμπία του και κάθισε ήρεμα στην άμμο.

Ξεφυλλίζοντας το περιοδικό, είδε τη φωτογραφία της ίδιας παραλίας. Το άρθρο έγραφε κάποιο παραμύθι για ένα τέρας της θάλασσας που το πάνω μέρος του κορμιού του ήταν αυτό μιας πεντάμορφης γυναίκας και το υπόλοιπο, η ουρά ενός τεράστιου φιδιού. Ο μύθος έλεγε πως έψαχνε τους απογόνους όλων των ναυτικών που γλίτωσαν από ναυάγια την εποχή των αποικιών και αφού τους καλούσε κοντά της, τους έπαιρνε στη θέση των προγόνων τους που γλίτωσαν. Όταν ανοίξει, έλεγε ο μύθος, μια θέση για κάποιον στα σκοτεινά βάθη της θάλασσας, αυτή η θέση θα καλυφτεί όσα χρόνια κι αν περάσουν.

ΤΑ ΛΟΥΤΡΙΝΑ ΑΡΚΟΥΔΑΚΙΑ

Μετακομίσαμε με τη γυναίκα μου στα προάστια, περίπου πριν από ένα χρόνο. Αναζητούσαμε κι εμείς όπως πολλοί από τους ανθρώπους που μένουν στις μεγαλουπόλεις, την ησυχία και τη γαλήνη που προσφέρουν τόσο απλόχερα τα προάστια. Η καθημερινή διαδρομή μου για να πάω και να έρθω από τη δουλειά, λειτουργούσε πια για μένα ως μέθοδος χαλάρωσης. Πραγματικά λάτρευα τη μεγάλη, σχεδόν πάντα άδεια λεωφόρο που ήταν στολισμένη και από τις δυο πλευρές της με δέντρα και πρασινάδα. Τον πρωινό μου καφέ τον έπινα πια στο δρόμο και το απόγευμα που γυρνούσα, χάρη στη συγκεκριμένη διαδρομή, ξεχνούσα ό,τι είχε να κάνει με δουλειά και γύριζα σπίτι μου καθαρός και ήρεμος από όλες μου τις έγνοιες.

Στις αρχές του προηγούμενου μήνα ωστόσο, κάτι άλλαξε. Σε ένα συγκεκριμένο σημείο της διαδρομής, άρχισα να αισθάνομαι άβολα. Είχα το περίεργο συναίσθημα πως κάποιος με κοιτούσε. Όποτε περνούσα από εκείνο το σημείο, κοίταζα ασυναίσθητα γύρω μου να βρω την αιτία του παράξενου αυτού συναισθήματος. Άρχισα να αισθάνομαι άγχος, μιας και ήταν η καθημερινή μου διαδρομή από το σπίτι στη δουλειά και από τη δουλειά στο σπίτι. Ξεκίνησα, λοιπόν, να αποφεύγω το συγκεκριμένο σημείο όσο το δυνατόν περισσότερο, κάνοντας έναν υπερβολικά μεγάλο κύκλο που μου χάλαγε την ηρεμία, αλλά και με καθυστερούσε στη δουλειά.

Προχθές, αποφάσισα να περάσω από εκεί και να ψάξω να βρω γιατί αισθανόμουν έτσι. Το βρήκα με το που άνοιξα την πόρτα του αυτοκινήτου και κατέβηκα. Για κάποιο λόγο, ο ιδιοκτήτης μιας μάντρας είχε κρεμάσει ψηλά, στο φράκτη του οικοπέδου του, τρία λούτρινα αρκουδάκια. Όχι τα μικρούλια που αγοράζουμε στα παιδιά, αλλά αυτά τα τεράστια που συνήθως δίνουμε στην κοπέλα μας του Αγίου Βαλεντίνου.

Στο διάστημα που ήταν κρεμασμένα, κάτι οι βροχές, κάτι τα καυσαέρια από το δρόμο, είχαν κάνει τα αρκουδάκια βρώμικα, ταλαιπωρημένα και άσχημα. Ακόμη χειρότερα, στο ακριανό προς τα δεξιά, είχε ξεκολλήσει το ένα μάτι και το κεφάλι κρεμόταν αφύσικα προς το πλάι. Γενικά, ήταν σε άθλια κατάσταση και για κάποιο περίεργο λόγο, μου έκοβαν το αίμα. Φοβόμουν και μόνο να τα κοιτάξω.

Έπρεπε να βρω έναν τρόπο να τα κατεβάσω από εκεί για να μην τα βλέπω κάθε μέρα. Δεν τα άντεχα με καμία δύναμη. Δεν μπορούσα φυσικά να καταλάβω γιατί τα φοβόμουν τόσο πολύ, μιας και ήταν απλά κουκλάκια και τίποτα άλλο. Παρ' όλα αυτά, μου ήταν αδύνατο να τα βλέπω να με κοιτάζουν από εκεί επάνω ή μάλλον να αισθάνομαι εγώ πως με κοιτάζουν.

Αποφάσισα λοιπόν, αντί να κάνω οποιαδήποτε κίνηση για να τα κατεβάσω και να μπλέξω με τον ιδιοκτήτη της μάντρας, να τα αντιμετωπίσω. Θα πήγαινα φυσικά βράδυ, για να μη με δουν και γίνω ρεζίλι, κάτω από τη μάντρα. Θα στεκόμουν όρθιος μπροστά τους και θα έκανα ένα τσιγάρο κοιτάζοντάς τα.

Η Τετάρτη ήταν η μεγάλη μέρα. Γύρισα από τη δουλειά, από άλλο δρόμο φυσικά. Είπα στη γυναίκα μου πως θα πάω για καμιά μπύρα με τους κολλητούς κατά τις δέκα, έφαγα και έπεσα να ξεκουραστώ. Σηκώθηκα κατά τις εννιά και λίγο αργότερα, ξεκίνησα. Αισθανόμουν τις παλάμες μου ιδρωμένες στο τιμόνι καθώς οδηγούσα και τα πόδια μου να κουνιούνται ανεξέλεγκτα, αλλά δεν το έβαλα κάτω. Θα πήγαινα και θα τα κατάφερνα να αντιμετωπίσω το φόβο μου. Είμαι σαράντα χρονών άντρας, δεν γίνεται να φοβάμαι τα λούτρινα αρκουδάκια.

Έφτασα στο συγκεκριμένο σημείο και πάρκαρα το αυτοκίνητο μου στην άκρη του δρόμου. Πέρασα απέναντι και στάθηκα μπροστά στο φράχτη. Σήκωσα το κεφάλι μου και τα αντίκρισα. Κρέμονταν ψηλά πάνω από το κεφάλι μου και τα τυφλά τους μάτια κοίταζαν μακριά στο βουνό. Τελικά, από κοντά δεν ήταν όσο τρομακτικά νόμιζα. Χαλάρωσα λιγάκι και άναψα τσιγάρο. Γέλασα με τον εαυτό μου για τη χαζομάρα μου. Πώς ήταν δυνατό να με τρομάξουν τόσο πολύ τρία απλά, λούτρινα αρκουδάκια! Ξανακοίταξα επάνω χαμογελώντας, μόνο και μόνο για να καταλάβω ότι τα κρεμασμένα αρκουδάκια ήταν πια μόνο δυο.

Αισθάνθηκα το στόμα μου να στεγνώνει και κοίταξα γύρω μου. Μέσα σε ελάχιστα δευτερόλεπτα, τα φώτα του δρόμου έσβησαν και μπορούσα να δω μόνο τα φώτα από κάποια σπίτια αρκετά πιο μακριά. Η ησυχία ήταν απόλυτη και δεν έβλεπα κανένα αυτοκίνητο να πλησιάζει προς το μέρος μου. Προσπάθησα να κινηθώ για να φτάσω στο αυτοκίνητό μου, αλλά τα πόδια μου έμοιαζαν να έχουν κολλήσει στο πεζοδρόμιο. Όση δύναμη κι αν έβαζα, δεν μπορούσα να κάνω την παραμικρή κίνηση. Το κάτω μέρος του κορμιού μου ήταν παγωμένο. Μπορούσα ωστόσο, να κινηθώ από τη μέση και πάνω.

Άπλωσα το χέρι μου στην πίσω τσέπη του παντελονιού μου και έπιασα το κινητό μου. Χρειαζόμουν απελπισμένα λίγο φως. Το έφερα μπροστά μου και άναψα το φακό του τηλεφώνου. Άρχισα να κινούμαι γύρω-γύρω με έναν εντελώς ηλίθιο τρόπο, σαν εκκρεμές, μιας και τα πόδια μου παρέμεναν κολλημένα στο πεζοδρόμιο. Άκουσα την πόρτα της μάντρας να ανοίγει, παράγοντας έναν ήχο που μου θύμισε έντονα τα θρίλερ που βλέπουμε στην τηλεόραση. Έναν από τους ήχους που μόλις ακούγονται, ξεκινάς να φωνάζεις στον πρωταγωνιστή να φύγει από οπουδήποτε κι αν βρίσκεται.

Έγειρα στο πλάι για να κοιτάξω μέσα από την πόρτα. Το σκοτάδι ήταν απόλυτο και για να είμαι ειλικρινής και μόνο η σκέψη να ρίξω το φως του τηλεφώνου προς τα μέσα, με τρόμαζε περισσότερο από την κατάσταση στην οποία βρισκόμουν. Άκουσα πίσω μου τον ήχο ενός αυτοκινήτου και έστριψα το κεφάλι μου προς το μέρος του. Επιτέλους, ερχόταν κάποιος που ίσως μπορούσε να με βοηθήσει. Αυτό που είδα ξεπερνούσε και τα πιο τρελά σενάρια. Το αυτοκίνητό μου έφευγε μονάχο του. Στη θέση του οδηγού, δεν καθόταν κανένας, αλλά το αυτοκίνητο έφευγε.

Πρέπει να ούρλιαξα, δεν είμαι σίγουρος, πάντως βλέποντας το αυτοκίνητό μου να φεύγει, κάτι τόσο οικείο και δικό μου να με εγκαταλείπει, έχασα όποια υπόνοια λογικής σκέψης είχε απομείνει μέσα στο κεφάλι μου. Άρχισα να χτυπάω τα πόδια μου με την παλάμη μου για να τα αναγκάσω να ξεπαγώσουν και να κινηθούν και όντως, τα κατάφερα. Πολύ αργά βέβαια και με κινήσεις που θα ήταν λογικές μόνο μέσα στο νερό, άρχισα να περπατάω και να προσπαθώ να απομακρυνθώ από τη μάντρα.

Όσο αργές ήταν οι κινήσεις μου, τόσο γρήγορα άνοιγε πλέον η πόρτα της μάντρας. Από μέσα, άρχισαν να ξεχύνονται αρκουδάκια κάθε μεγέθους και χρώματος. Όλα είχαν όμως, ένα κοινό σημείο. Το κεφάλι τους ήταν κανονικό. Τα μάτια τους ήταν κόκκινα σαν τις φλόγες της κολάσεως και με κοιτούσαν. Αυτή τη φορά ωστόσο, πραγματικά με έβλεπαν. Τα στόματά τους ήταν ορθάνοιχτα και από μέσα, προεξείχαν μεγάλα σκουρόχρωμα δόντια με τραχιά επιφάνεια, καλυμμένα με αφρούς που κυλούσαν επάνω τους και έπεφταν στο πάτωμα.

Προσπαθούσα να τρέξω, να κάνω λίγο πιο γρήγορα, να φύγω μακριά για να γλιτώσω. Ούρλιαζα και έκλαιγα, αλλά συνέχισα να κινούμαι σαν να βρισκόμουν βυθισμένος μέσα σε κάτι παχύρευστο. Πλέον, όλο μου το κορμί έμοιαζε να κινείται σε αργή κίνηση. Τα αρκουδάκια κόντευαν να με φτάσουν. Λίγα δευτερόλεπτα αργότερα, αισθάνθηκα τις πρώτες δαγκωματιές στις γάμπες μου. Έκοβαν ολόκληρα κομμάτια από τα πόδια μου. Μπορούσα να αισθανθώ τις σάρκες μου να σκίζονται, να γίνονται κομμάτια και να καταναλώνονται από τα διαβολικά πλάσματα που με κυνηγούσαν.

Ο πόνος με κυρίευσε. Έπεσα στο έδαφος και τα είδα να ορμάνε επάνω μου. Πλέον, τα τραχιά τους δόντια χώνονταν σε όλο μου το κορμί. Προσπάθησα να καλύψω το πρόσωπό μου με το χέρι μου, αλλά πριν καταφέρω να το φτάσω μπροστά στα μάτια μου, αισθάνθηκα δόντια να μπήγονται στο μάγουλό μου, αισθάνθηκα το ίδιο μου το αίμα να κυλά στο λαρύγγι μου και να με πνίγει. Δεν μπορούσα καν να ουρλιάξω. Όση δύναμη κι αν έβαζα, το μόνο που ακουγόταν ήταν ένας περίεργος γουργουριστός ήχος.

Έκλεισα τα μάτια και περίμενα το τέλος. Αισθανόμουν το κορμί μου να διαμελίζεται και να το τραβούν προς χίλιες πλευρές ταυτόχρονα. Πέρα από τα μουγκρητά που συνδυάζονταν με τον ήχο της σάρκας μου που μασιόταν, άκουγα και κάτι άλλο. Κάτι σαν φωνή από κάπου πολύ μακριά. Προσπάθησα να συγκεντρωθώ, να καταλάβω τι λέει. Δεν μπορούσα να κάνω και τίποτα άλλο. Το τέλος μου ήταν κοντά. Έμοιαζε πράγματι με φωνή.

Έμοιαζε βασικά με γυναικεία φωνή. Προσπάθησα να αποστασιοποιηθώ από τον πόνο και να καταλάβω τι έλεγε. Μετά από πολύ προσπάθεια, τα κατάφερα.

Η φωνή ήταν ξεκάθαρα γυναικεία και την άκουγα πλέον να λέει:

> «Ξύπνα αγάπη μου, δεν θα προλάβεις το ραντεβού για μπύρες με τους φίλους σου. Ξύπνα επιτέλους!»

Πετάχτηκα όρθιος κοιτάζοντας γύρω μου. Αισθανόμουν το κεφάλι μου σαν να βρισκόταν εγκλωβισμένο μέσα σε μέγγενη. Όλα ήταν ένα όνειρο. Ένας χαζός εφιάλτης που πήγαζε από τον παράλογο φόβο μου για αυτά τα παιδικά παιχνίδια. Η αποφασιστικότητά μου έμοιαζε να χάνεται, αλλά εγώ θα επέμενα στην απόφασή μου. Θα πήγαινα να τα αντιμετωπίσω στ' αλήθεια.

Ντύθηκα, φίλησα τη γυναίκα μου και μπήκα στο αυτοκίνητο. Λίγα λεπτά αργότερα, έφτασα στο συγκεκριμένο σημείο και πάρκαρα το αυτοκίνητό μου στην άκρη του δρόμου. Πέρασα απέναντι και στάθηκα μπροστά στο φράχτη. Σήκωσα το κεφάλι μου και τα αντίκρισα. Κρέμονταν ψηλά πάνω από το κεφάλι μου και τα τυφλά τους μάτια κοίταζαν μακριά στο βουνό. Χαλάρωσα λιγάκι και άναψα τσιγάρο. Γέλασα με τον εαυτό μου για τη χαζομάρα μου. Πώς ήταν δυνατό να με τρομάξουν τόσο πολύ τρία απλά λούτρινα αρκουδάκια. Ξανακοίταξα επάνω χαμογελώντας και την ίδια στιγμή, κατάλαβα πως ξαναζούσα το όνειρό μου. Επάνω στο φράχτη, βρίσκονταν κρεμασμένα μόνο δυο κουκλάκια και ήμουν πια σίγουρος πως αυτή τη φορά, δεν θα άκουγα καμία φωνή να με καλεί για να ξυπνήσω...

ΡΟΜΦΑΙΑ

Η γαλήνη και η ηρεμία κάλυπταν την έρημη Γη. Παρ' όλο που ήταν μεσημέρι, τα πυκνά σύννεφα δεν επέτρεπαν στις ακτίνες του ήλιου να αγγίξουν το έδαφος. Η πλάση ήταν ντυμένη σε τόνους του γκρίζου. Όλος ο τόπος έμοιαζε να στερείται χρωμάτων.

Ξαφνικά, τα σύννεφα άνοιξαν και μια ολόχρυση φλόγα φωτιάς πέρασε ανάμεσά τους. Η φλόγα άγγιξε το γκρίζο έδαφος και το έντυσε με όλα τα χρώματα της ίριδας. Ακούστηκε ένας στεντόρειος ήχος. Ο ήχος σαλπίγγων που ανήγγειλαν μια άφιξη.

Στο σημείο στο οποίο το άγγιξε η γλώσσα της φωτιάς, το έδαφος φούσκωσε, ράγισε και άνοιξε. Από μέσα, βγήκε μια ανθρώπινη μορφή. Η μορφή τέντωσε το κορμί της και από την πλάτη της, ξεδιπλώθηκαν κατάλευκα φτερά. Τα άνοιξε και το μεγαλείο και η ομορφιά τους, μεταμόρφωσαν το γκρίζο τοπίο σε μια παλέτα πανέμορφων χρωμάτων.

***

Ο άντρας ανοίγει τα μάτια του. Σηκώνει απαλά το κεφάλι του και κοιτά τα μέλη του που είναι δεμένα στο κρεβάτι. Φαρδιοί, δερμάτινοι ιμάντες σφίγγουν τους καρπούς, τους αστραγάλους και τη μέση του. Είναι ντυμένος στα λευκά, με απλά πάνινα ρούχα. Ακούει θόρυβο στα δεξιά του και με πολλή προσπάθεια, γυρνά το κεφάλι του προς την πηγή του.

«Ξύπνησες, Άγγελε;» ακούει μια γυναικεία φωνή.

Την κοιτά στα μάτια και μετά, το βλέμμα του κατεβαίνει στη σύριγγα που καρφώνεται στις φουσκωμένες φλέβες του χεριού του.

«Ώρα να ξανακοιμηθείς», ακούει και πάλι τη γυναικεία φωνή, προτού τη σβήσει ο λήθαργος.

***

Κάπου στο βάθος ακούγεται μια σειρήνα, περιπολικά της αστυνομίας πλημμυρίζουν τη είσοδο του νοσοκομείου. Από την πύλη του, βγαίνει πολύς κόσμος τρέχοντας. Κάποιοι φορούν γαλάζιες ρόμπες, άλλοι πάλι λευκές. Αυτοί με τα γαλάζια είναι γιατροί, οι υπόλοιποι νοσοκόμοι.

Ας πάμε πιο κοντά να ακούσουμε. Μη φοβάσαι δεν θα μας δει κανείς. Σαν αέρας θα μπούμε, σαν αέρας θα βγούμε. Ένας άντρας με γαλάζια ρόμπα πλησιάζει τους αστυνομικούς, καθώς πλησιάζουμε κι εμείς. Το πρόσωπό του δείχνει φόβο και άγχος. Έλα, πάμε πιο κοντά, κάτι λέει.

«Το έσκασε ο Άγγελος, δεν ξέρουμε πριν πόση ώρα και πώς».

***

Τα βαριά σκούρα από το καυσαέριο κτίρια, εμποδίζουν το βλέμμα του. Ορθώνονται ψηλά πάνω από το κεφάλι του και αφήνουν ελεύθερη μόλις μια στάλα ουρανού κι αυτή όμως, γκρίζα και καταθλιπτική. Δεν αντέχει άλλο. Από τη μέρα που έφτασε σε αυτόν τον κόσμο, ζει ένα μαρτύριο. Τον έστειλαν εδώ για να εκτιμήσει την πορεία της ανθρωπότητας. Να δει αν οι άνθρωποι αξίζουν τη χάρη του Κυρίου μας.

Ναι, ο άντρας ονομάζεται Σαριήλ και είναι Άγγελος Κυρίου. Απενδύθηκε το αγγελικό του σώμα και έγινε ένας από εμάς. Αισθάνεται βρώμικος. Η πρωτόγονη μυρωδιά μας του καίει τα ρουθούνια, η ρυπαρή μας υφή τον αηδιάζει. Λάβαμε περισσότερα δώρα από όλα τα τέκνα του Κυρίου. Ακόμη και από αυτούς που ανήκουμε στις στρατιές Του.

Μας δόθηκε η ελευθερία της βούλησης. Μας δόθηκε, ένας υπέροχος φωτεινός και καταπράσινος κόσμος. Μας δόθηκε το δώρο της αγάπης. Μας δόθηκαν τα πάντα και το μόνο που μας ζητήθηκε, ήταν να ζήσουμε αρμονικά μεταξύ μας και με όλα τα υπόλοιπα θαυμαστά έργα του Κυρίου μας.

Καταστρέψαμε τα πάντα. Αφαιρούμε ο ένας τη ζωή του άλλου με ευχαρίστηση και το αποδίδουμε στη θέλησή Του. Καταστρέφουμε τον πλανήτη μας, χωρίς να σκεπτόμαστε τις συνέπειες. Βασανίζουμε τα ζώα, ακόμη και αν τα ονομάζουμε κατοικίδια και υποτίθεται ότι τα έχουμε δίπλα μας γιατί τα αγαπούμε.

Δεν μπορεί να μας ανεχτεί άλλο. Έχουμε κάνει αρκετά. Οι εντολές του ήταν να έρθει, να ελέγξει και να φύγει. Δεν του αρκεί. Η διαφθορά μας είναι τόσο μεγάλη, που πρέπει να πονέσουμε. Πρέπει να βιώσουμε έμπρακτα τα αποτελέσματα των πράξεών μας.

Τα βαριά σκούρα από το καυσαέριο κτίρια, καλύπτουν με τη σκιά τους την εκδίκησή του. Ορθώνονται πολύ ψηλά πάνω από το κεφάλι του, κρύβοντάς τον από τα μάτια του Κυρίου. Κοιτάζει τη γκρίζα και καταθλιπτική στάλα ουρανού και καταλαβαίνει πως έχει απόλυτο δίκιο. Καταλαβαίνει πως οι πράξεις του είναι δίκαιες.

Μας εκτίμησε. Δεν αξίζουμε τη χάρη του Κυρίου.

Μπροστά του, βρίσκεται ένας ακόμη από εμάς. Σφαδάζει πεσμένος στο δρόμο, με τη ρομφαία του Σαριήλ να διαπερνά το αισχρό, θνητό του σαρκίο. Το αίμα, άλικο και βρωμερό, κυλάει προς τα πόδια του. Τραβά με δύναμη τη ρομφαία και την καρφώνει στο κορμί, για δεύτερη φορά. Περισσότερο αίμα. Πετάγεται και κολλά επάνω του, επάνω στα ρούχα και το πρόσωπό του. Αισθάνεται στα χείλη του, τη βαριά μεταλλική του γεύση.

Το σαρκίο άδειασε. Το σώμα είναι ακίνητο. Ακούει φωνές γύρω του. Κάποιος ουρλιάζει.

> «Καταλαβαίνουν, επιτέλους, καταλαβαίνουν το βάρος των αμαρτιών τους», σκέφτεται. «Καταλαβαίνουν ότι η εκδίκησή μου είναι αυτό που τους αρμόζει».

Τον πλησιάζουν κι άλλοι από εμάς. Βρωμεροί άνθρωποι. Παράσιτα στον υπέροχο κόσμο που μας χάρισε ο Κύριος. Φορούν γαλάζιες στολές και κρατούν τα όπλα τους προτεταμένα. Κάποιος τον χτυπά στην πλάτη. Η ρομφαία πέφτει από το χέρι του και αυτός πέφτει στο δρόμο δίπλα της. Κλείνει τα μάτια του για να μη δει τα πρόσωπά τους. Τους σιχαίνεται.

Κάποιος του δένει τα χέρια πίσω από την πλάτη. Εξακολουθούν να ουρλιάζουν γύρω του.

«Ποταπά, ανόητα πλάσματα. Ανάξιοι, εκμεταλλευτές των δώρων που σας δόθηκαν».

Ανοίγει τα μάτια του. Στο σημείο που έπεσε η ρομφαία του, ταλαντεύεται ένα μακρύ μαχαίρι. Τον γυρνούν προς τον ουρανό. Κάποιος του γυρνά το πρόσωπο, τον κοιτάζει με αναίδεια στα μάτια.

«Δεν σας φοβάμαι», λέει. «Εσείς πρέπει να με φοβάστε. Είμαι η εκδίκηση του Κυρίου!»

***

Ο άντρας ανοίγει τα μάτια του. Σηκώνει απαλά το κεφάλι του και κοιτά τα μέλη του που είναι δεμένα στην ηλεκτρική καρέκλα. Φαρδιοί δερμάτινοι ιμάντες σφίγγουν τους καρπούς, τους αστραγάλους και τη μέση του. Είναι ντυμένος στα λευκά με απλά πάνινα ρούχα. Στα δεξιά του, στέκεται όρθιος ένας ιερέας. Μια φωνή ακούγεται.

«Μελλοθάνατε, σήμερα τιμωρείσαι για τα εγκλήματά σου. Έχεις μια τελευταία ευκαιρία να μετανοήσεις ενώπιον του Κυρίου».

Ο άντρας γελά. Του βάζουν στο στόμα ένα βρεγμένο πανί και του καλύπτουν το κεφάλι με μια κουκούλα. Ακούγεται σιγανή η φωνή του:
«Θα επιστρέψω σύντομα να τελειώσω αυτό που άρχισα».

***

Η γαλήνη και η ηρεμία καλύπτουν την έρημη Γη. Παρ' όλο που είναι μεσημέρι, τα πυκνά σύννεφα δεν επιτρέπουν στις ακτίνες του ήλιου να αγγίξουν το έδαφος. Η πλάση είναι ντυμένη σε τόνους του γκρίζου. Όλος ο τόπος μοιάζει να στερείται χρωμάτων.

Ξαφνικά, τα σύννεφα ανοίγουν και μια ολόχρυση φλόγα φωτιάς περνά ανάμεσά τους. Η φλόγα αγγίζει το γκρίζο έδαφος και το ντύνει με όλα τα χρώματα της ίριδας. Ακούγεται ένας στεντόρειος ήχος. Ο ήχος σαλπίγγων που αναγγέλλουν μια άφιξη.

Το σημείο στο οποίο αγγίζει η γλώσσα της φωτιάς το έδαφος, αυτό φουσκώνει, ραγίζει και ανοίγει. Από μέσα, βγαίνει μια ανθρώπινη μορφή. Η μορφή τεντώνει το κορμί της και από την πλάτη της, ξεδιπλώνονται κατάλευκα φτερά. Τα ανοίγει και με το μεγαλείο και την ομορφιά της, το γκρίζο τοπίο μεταμορφώνεται σε μια παλέτα πανέμορφων χρωμάτων...

ΣΚΟΤΑΔΙ

Το σκοτάδι στην ψυχή, μπορεί να πάρει πληθώρα μορφών. Ενδέχεται να εισχωρήσει στην ψυχή ξαφνικά, μετά από κάποιο συμβάν ή να μεταφερθεί εκεί με τη μορφή ιού από κάποιον που το κουβαλάει μέσα του. Υπάρχουν όμως και περιπτώσεις, όπως αυτή του Ηλία, που το σκοτάδι φωλιάζει στην ψυχή, τη συνοδεύει σε όλα της τα ταξίδια, σε κάθε στάση της και σε όλες τις ζωές που θα σταλθεί να ζήσει επάνω σε αυτή τη Γη. Το σκοτάδι αυτό μπορεί να νικηθεί μόνο από τη λυτρωτική δύναμη της φωτιάς.

Ο Ηλίας εξωτερικά, έδειχνε ένας υπέροχος άνθρωπος, μετρημένος και σοβαρός. Ήταν καθηγητής σε τεχνικό λύκειο και ιδιαίτερα αγαπητός, τόσο από τους φίλους, όσο και από τους γνωστούς και τους μαθητές του. Το σκοτάδι στην ψυχή του ήταν ωστόσο πάντα εκεί, καλά κρυμμένο από τα βλέμματα, αποτελώντας ένα σημαντικό κομμάτι του.

Όσο ο Ηλίας ήταν παιδί, όταν θέριευε το σκοτάδι μέσα του, το κατεύθυνε και το ηρεμούσε στα ανυπεράσπιστα ζώα της γειτονιάς που ζούσε με την οικογένειά του. Ο πατέρας του ήταν στρατιωτικός, οπότε η οικογένεια μετακόμιζε συχνά. Αυτό δεν επέτρεψε να συνδεθεί ποτέ ο Ηλίας με τα νεκρά και διαμελισμένα κατοικίδια που άφηνε πίσω του φεύγοντας.

Όταν ο Ηλίας μεγάλωσε και έμεινε μόνος του, κατάλαβε τον κίνδυνο να τον καταλάβει η γειτονιά και προσπάθησε να βρει άλλους τρόπους για να ηρεμεί το σκοτάδι της ψυχής του. Ο απέραντος κόσμος του διαδικτύου, του έδωσε τη διέξοδο που αναζητούσε. Ανακάλυψε πολλούς ιστότοπους, στους οποίους ερασιτέχνες συγγραφείς που ειδικεύονταν στις ιστορίες φόνων και αίματος, μοιράζονταν μεταξύ τους τα αποκυήματα της νοσηρής τους φαντασίας και ζητούσαν την άποψη και τα σχόλια των υπολοίπων.

Γράφοντας όλα αυτά που θα ήθελε να κάνει αλλά δεν τολμούσε, απέσπασε το σεβασμό και την αποδοχή των υπολοίπων, καταφέρνοντας παράλληλα, να κρατήσει κοιμισμένο το σκοτεινό κτήνος μέσα του.

Μια ημέρα, ένας από τους ηλεκτρονικούς του φίλους, του έστειλε ένα μήνυμα που έλεγε με στόμφο πως όλες του οι ιστορίες επαναλάμβαναν το ίδιο μοτίβο και πως αν ήθελε ποτέ να γίνει πραγματικός συγγραφέας, θα έπρεπε να αποκτήσει βιώματα. Ο καλός συγγραφέας, συνέχιζε, μπαίνει στη θέση του ήρωά του και σκέπτεται όπως θα σκεπτόταν αυτός. Μόνο αν γίνεις ο ήρωάς σου, θα μπορέσεις να καθορίσεις την πορεία και τη συμπεριφορά του. Αν δεν γίνεις ο ήρωάς σου, του έγραφε, δεν πρόκειται ποτέ οι ιστορίες σου να αποκτήσουν αληθοφάνεια.

Ο Ηλίας έλαβε το σχόλιο πολύ αρνητικά. Ποιος ήταν αυτός που θα του έλεγε ότι οι ιστορίες του δεν είχαν αληθοφάνεια; Στην τελική ανάλυση, τα χέρια του είχαν βαφτεί με πραγματικό αίμα. Αίμα ζώων, αλλά και πάλι αίμα. Είχε δει ψυχές να χάνονται από τα ίδια του τα χέρια, είχε αισθανθεί κόκκαλα να θρυμματίζονται από τα δικά του χτυπήματα...

Το σκοτάδι μέσα του θέριεψε. Ζήτησε εκδίκηση και απαίτησε να ξαναβγεί ο Ηλίας για κυνήγι. Αυτή τη φορά όμως, δεν θα κυνηγούσε ζώα. Το στάδιο αυτό, το είχε ξεπεράσει πολλά χρόνια πριν. Δεν του αρκούσε πια. Θα έβγαινε να κυνηγήσει ανθρώπους και οι ιστορίες που θα έγραφε θα ήταν πραγματικές. Κανείς δεν θα μπορούσε να τον μειώσει ποτέ ξανά.

Κράτησε την απόφαση μέσα του και την άφησε να κατακλύσει όλο του το είναι. Όταν αισθάνθηκε έτοιμος, γεμάτος και δυνατός, βγήκε για το πρώτο του κυνήγι. Ο ήρωάς του θα ήταν ένας κυνηγός, ένας κυνηγός που σαρώνει την αδικία και γίνεται δικαστής και εκτελεστής ταυτόχρονα. Το όνομά του... Βελλεροφόντης, όπως ο αρχαίος Έλληνας ήρωας και πολεμιστής που σκότωσε τη Χίμαιρα.

Το πρώτο του κυνήγι έγινε Σαββάτο βράδυ. Πήρε το όπλο του νεκρού από χρόνια πατέρα του, το γέμισε και ανέβηκε στο λόφο του Φιλοπάππου. Άρχισε να περπατά αναζητώντας μια δικαιολογία, οποιαδήποτε αφορμή για να αποδώσει δικαιοσύνη ή μάλλον, αυτό σκεπτόταν για να ξεχάσει τους κινδύνους της πράξης που σκόπευε να κάνει. Κανείς δεν θα καταδίκαζε έναν ήρωα, κάποιον που πατάσσει την αδικία.

Στο δάσος, κάτω από το μνημείο, άκουσε φωνές. Κάποιος τσακωνόταν με μια κοπέλα. Ο Ηλίας, Βελλεροφόντης πια, πλησίασε αθόρυβα, κρυμμένος πίσω από τα δέντρα. Το σκοτάδι μέσα του, πλημμύρισε την ύπαρξή του. Η αναμονή ανέβασε την αδρεναλίνη που παρήγαγε το κορμί του στα ύψη.

Τους είδε. Ο άντρας κρατούσε την κοπέλα με δύναμη από το χέρι και την έβριζε με χυδαίες λέξεις. Αυτή κλαίγοντας, προσπαθούσε να του ξεφύγει. Ο ήρωας του Ηλία πλησίασε ακόμη πιο κοντά, ανέβασε την κουκούλα του μπουφάν του και φώναξε στον άντρα. Ήθελε να τον κοιτάζει. Να δει στα μάτια του την αποδοχή του τέλους. Ο άντρας γύρισε προς το μέρος του και τον ρώτησε τι θέλει. Το όπλο σηκώθηκε σχεδόν μόνο του και ήρθε στην ευθεία με το κεφάλι του άντρα.

Η κοπέλα ούρλιαξε και ελευθερώθηκε από το χέρι που την κρατούσε. Το όπλο άδειασε μέταλλο και καπνό στο πρόσωπο του άντρα. Αίμα και κομμάτια οστών λέρωσαν τα χέρια και το πρόσωπο του Βελλεροφόντη. Γύρισε ήρεμα το κορμί του και έφυγε με αργά βήματα από το δρόμο που είχε φτάσει ως εκεί.

Την επόμενη ημέρα, ο Ηλίας ανέβασε την ιστορία στην ιστοσελίδα. Η περιγραφή της σκηνής του φόνου, ήταν τόσο πλήρης και παραστατική που τα σχόλια των ανθρώπων που τη διάβασαν, ήταν διθυραμβικά. Ο Ηλίας ρώτησε τον επικριτή του πώς του φάνηκε. Το μήνυμά του δεν άργησε να φτάσει. Ήταν καλή, του έγραφε, αλλά το όπλο ήταν αυτό που έκανε όλη τη δουλειά, ο ήρωας απλά πάτησε μια σκανδάλη. Δεν υπήρχε η αίσθηση στα χέρια του δολοφόνου, δεν υπήρχε άμεση επαφή.

Ο Ηλίας, αισθάνθηκε τα μηνίγγια του να χτυπάνε, έμοιαζε λες και όσο αίμα είχε το κορμί του, είχε συγκεντρωθεί στο κεφάλι του και προσπαθούσε να βρει τρόπο να βγει προς τα έξω. Αυτός ο άγνωστος συνέχιζε να παίζει μαζί του, συνέχιζε να τον μειώνει και να τον προκαλεί. Πολύ καλά λοιπόν, θα δούμε ποιος θα κερδίσει, σκέφτηκε.

Έδωσε και πάλι χρόνο στο σκοτάδι να κατακλύσει την ψυχή του. Όλη η εβδομάδα πέρασε με το μυαλό του προσηλωμένο στον επικριτή του.

Δημιουργούσε το σενάριο του επόμενου φόνου ξανά και ξανά, προσπαθώντας να το τελειοποιήσει. Όσο η εβδομάδα πλησίαζε στο τέλος της, ο Βελλεροφόντης γινόταν ο κύριος του κορμιού και της ψυχής του. Ο ήρωας ξαναέβγαινε στην επιφάνεια και γινόταν ο οδηγός των σκέψεων και των συναισθημάτων του Ηλία.

Την Κυριακή το βράδυ, ο Ηλίας φόρεσε τα σκούρα ρούχα που φορούσε και την πρώτη φορά. Είχαν ακόμη την οσμή και τα σημάδια του πρώτου φόνου. Ο χρόνος συνεχιζόταν αμέσως μετά τη στιγμή που, περπατώντας, άφησε την κοπέλα να κλαίει συντετριμμένη δίπλα στο νεκρό σώμα του συντρόφου της, στο λόφο του Φιλοπάππου.

Ο Ηλίας μπήκε στο αυτοκίνητό του και κατευθύνθηκε προς την Παραλιακή Λεωφόρο. Οδηγώντας δίπλα στη θάλασσα, έψαχνε να βρει το κατάλληλο σημείο. Φτάνοντας στο Καβούρι, έστριψε δεξιά κι άρχισε να κατεβαίνει προς την παραλία. Εκεί που ο δρόμος τελείωνε, πάρκαρε το αυτοκίνητό του και περπατώντας, χώθηκε στο αλσύλλιο δίπλα στη θάλασσα. Ήξερε πως και εδώ σύχναζαν παράνομα ζευγαράκια.

Η ώρα περνούσε και δεν άκουγε το παραμικρό. Έπρεπε το επόμενο θύμα του να φερθεί άσχημα, έπρεπε να έχει μια δικαιολογία για να καλμάρει τη λογική του. Μακριά, πέρα από το δασάκι, άναψε το φως της εισόδου μιας μονοκατοικίας. Μια γυναίκα βγήκε με ένα σκυλάκι. Άφησε το ζωάκι να πάει να κάνει την ανάγκη του και άρχισε να μιλά στο κινητό της. Ο ήρωας του Ηλία αισθάνθηκε ότι η ώρα του πλησίαζε, χωρίς να καταλαβαίνει το λόγο.

Με αργά βήματα, πλησίασε όσο πιο κοντά μπορούσε για να ακούσει τι έλεγε η γυναίκα. Έπρεπε να δικαιολογηθούν οι πράξεις του Βελλεροφόντη. Ήταν ήρωας-εκδικητής και όχι ένας απλός κοινός δολοφόνος. Η γυναίκα γελούσε στο τηλέφωνο και κανόνιζε ραντεβού με κάποιον, αφού θα έφευγε για δουλειά ο άντρας της. Η μοιχεία δικαιολογούσε τις πράξεις του. Του έδινε το πάτημα που χρειαζόταν.

Κατέβασε την κουκούλα του και ακουμπώντας το δικό του κινητό στο αυτί του, βγήκε στο φως που σκορπούσαν οι κολώνες και άρχισε να πλησιάζει τη γυναίκα. Αυτή τον είδε σχεδόν αμέσως, αλλά δεν ένιωσε να απειλείται. Είχε συνηθίσει να βλέπει ανθρώπους να κάνουν βόλτα στην παραλία, ακόμη και τις πιο περίεργες ώρες. Συνέχισε να μιλά στο κινητό της και να χασκογελά.

Μόλις ο ήρωας-εκδικητής την πλησίασε αρκετά, όρμησε επάνω της και της έκλεισε με το χέρι του το στόμα. Της έδωσε μια δυνατή γροθιά στο στομάχι, αναγκάζοντάς τη να διπλωθεί και στη συνέχεια, τη χτύπησε με το γόνατο στο πρόσωπο. Το κινητό της έπεσε στο δρόμο, ενώ από το ηχείο του ακουγόταν μια αντρική φωνή να ρωτά αν είναι όλα καλά.

Η γυναίκα σχεδόν λιπόθυμη από τα χτυπήματα, ήταν εύκολη λεία για τον ήρωα του Ηλία. Τη σήκωσε στα χέρια του και την τράβηξε προς το σημείο που κρυβόταν νωρίτερα. Την ξάπλωσε στο χώμα και περίμενε να συνέρθει. Ήθελε να βλέπει τα μάτια της, όταν η ψυχή της θα εγκατέλειπε το σώμα της. Ήθελε το τελευταίο της βλέμμα να είναι δικό του.

Η γυναίκα άνοιξε τα μάτια της. Το βλέμμα της ήταν θολό και αποπροσανατολισμένο. Πριν προλάβει να βγάλει τον παραμικρό ήχο, τα χέρια του Βελλεροφόντη αγκάλιασαν το λαιμό της. Οι δυο του αντίχειρες άρχισαν να πιέζουν με όλο και μεγαλύτερη δύναμη την τραχεία της. Ο αέρας έπαψε να φτάνει στα πνευμόνια της. Το πρόσωπό της άρχισε να μελανιάζει και το κορμί της να συσπάται. Τα μάτια της έμοιαζαν έτοιμα να πεταχτούν από τις κόγχες τους.

Ο Βελλεροφόντης απομυζούσε κάθε δευτερόλεπτο των τελευταίων της στιγμών. Το σκοτάδι μέσα του κουλουριαζόταν και απλωνόταν σαν φίδι από την ευχαρίστηση. Το κορμί της γυναίκας έπαψε να κινείται μέσα σε ελάχιστα δευτερόλεπτα και τα μάτια της ορθάνοιχτα και γεμάτα τρόμο, έπαψαν να βλέπουν το πρόσωπό του και απέκτησαν την παγωμένη χροιά του θανάτου.

Ο ήρωας του Ηλία άφησε το κορμί της στο έδαφος και με απαλές κινήσεις, της έκλεισε τα μάτια.

«Εκεί που θα πας, δεν θα βλέπεις ουρανό!» ψιθύρισε.

Σηκώθηκε όρθιος και κοίταξε χαμηλά στα πόδια του, το καινούριο του θύμα. Έμοιαζε να βρίσκεται στην κατάλληλη θέση· χαμηλά, πολύ πιο χαμηλά από τον ίδιο.

Κοίταξε τα χέρια του που ακόμη έτρεμαν από τη δύναμη που είχε εφαρμόσει στο λαιμό της, αλλά και από την ηδονή που είχε αισθανθεί.

Χαμογέλασε και φορώντας την κουκούλα του, έφτασε στο αυτοκίνητό του, κάθισε στη θέση του οδηγού και έφυγε για το σπίτι του. Είχε μια καινούρια ιστορία να γράψει.

Νωρίς το πρωί, η ιστορία ήταν έτοιμη και είχε ανέβει. Τα συγχαρητήρια στα σχόλια, διαδέχονταν το ένα το άλλο. Όλοι είχαν κάτι καλό να πουν, ακόμη και να τον ευχαριστήσουν για το ταξίδι στη φαντασία που τους πρόσφερε. Ο Ηλίας όμως, είχε μάτια μόνο για έναν. Περίμενε το σχόλιο του επικριτή του. Καθόταν πάνω από τον υπολογιστή του και περίμενε να δει το όνομά του να φιγουράρει στα σχόλια.

Κατά τις δώδεκα το μεσημέρι, ο άγνωστος άφησε το σχόλιό του. Του έδινε συγχαρητήρια για τη δημιουργία του ήρωά του και για την περιγραφή των συναισθημάτων του. Διαβάζοντας το σχόλιό του, ο Ηλίας ένιωσε να δικαιώνεται. Το δεύτερο μέρος του σχολίου ωστόσο, τον εξόργισε. Ο άγνωστος, του έλεγε ότι όσον αφορούσε στα συναισθήματα του θύματος, δεν γινόταν καν αναφορά. Ήταν λες και δεν υπήρχε θύμα, λες και ήταν μια ψεύτικη κούκλα που τύχαινε άσχημης μεταχείρισης.

Πώς θα μπορούσε να βιώσει τα συναισθήματα του θύματος; Πώς θα μπορούσε να μπει στη θέση του και να επιβιώσει για να τα περιγράψει; Για πρώτη φορά, αποφάσισε να απαντήσει στο σχόλιο του αγνώστου, γράφοντάς του ακριβώς αυτά τα λόγια. Δευτερόλεπτα αργότερα, έλαβε ένα προσωπικό μήνυμα.

«Μπορώ να σε βοηθήσω εγώ, αν θες».

Ο Ηλίας χαμογέλασε, μόλις είχε βρει το επόμενό του θύμα. Ο άνθρωπος έγραφε όσα έγραφε από κακία και τίποτε άλλο. Αισθανόταν καλύτερός του, γράφοντάς του πάντα κάτι αρνητικό. Ο Βελλεροφόντης μέσα του, ζητούσε να πάρει και πάλι τα ηνία.

> «Πολύ καλά», του απάντησε. «Θα δεχτώ τη βοήθειά σου. Πες μου, πού και πώς θα το κάνουμε!»

Το μήνυμα του άντρα έφτασε σχεδόν αμέσως.

> «Παρασκευή στις δώδεκα τα μεσάνυχτα, στο παλιό ξενοδοχείο στην Πάρνηθα. Έλα, πάρκαρε κάπου και άσε τα υπόλοιπα επάνω μου».

Ο Ηλίας χαμογέλασε, είχε τρεις ημέρες για να προετοιμαστεί. Είχε τρεις ημέρες για να αφήσει το σκοτάδι να τον γεμίσει και την προσμονή να γίνει ανάγκη. Σε τρεις ημέρες, θα απελευθέρωνε για μια ακόμη φορά τον Βελλεροφόντη.

Η Παρασκευή έφτασε και ο Ηλίας καιγόταν από επιθυμία. Η ψυχή του αγνώστου, του άνηκε. Είχε σχεδιάσει τα πάντα στο μυαλό του. Θα τον πυροβολούσε στο πόδι και μετά, θα τον τραβούσε μέσα στο εγκαταλελειμμένο κτίριο. Θα τον σκότωνε αργά και βασανιστικά. Θα απολάμβανε κάθε στιγμή και μόλις η ψυχή του επικριτή του έφευγε, θα ησύχαζε μια για πάντα.

Η διαδρομή μέχρι το ξενοδοχείο ήταν απολαυστική. Είχε βέβαια πολλές στροφές, αλλά το δροσερό νυχτερινό αεράκι και η θέα κάτω από το βουνό, έδωσαν στο Βελλεροφόντη που είχε τα ηνία πια, χρόνο να ηρεμήσει και να συντάξει το σκοτάδι μέσα του. Να σκεφτεί το σχέδιό του μια ακόμη φορά και να το ελέγξει για πιθανά δύσκολα σημεία.

Από την ονειροπόλησή του, τον έβγαλαν τα δυνατά φώτα ενός αυτοκινήτου που τον πλησίαζε από πίσω με μεγάλη ταχύτητα. Μπροστά του, υπήρχε μια μεγάλη στροφή και από κάτω του, ο γκρεμός. Τράβηξε το αυτοκίνητο όσο πιο δεξιά μπορούσε και άναψε τα αλάρμ για να αφήσει το αυτοκίνητο να περάσει. Το αυτοκίνητο σταμάτησε δίπλα στο ανοιχτό παράθυρό του.

> «Καλησπέρα, αγαπητέ!» του είπε ο άντρας που καθόταν στη θέση του οδηγού και πέταξε μέσα στο αυτοκίνητό του ένα μπουκάλι που στο στόμιό του είχε ένα φλεγόμενο πανί.

Έμεινε σταματημένος ακριβώς δίπλα του, μέχρι η φωτιά να εξαπλωθεί στο εσωτερικό του αυτοκινήτου του Ηλία και στα ρούχα του. Μετά, οδήγησε το αυτοκίνητό του αρκετά μπροστά, επιτρέποντας στον Ηλία να ανοίξει την πόρτα και να πεταχτεί έξω από το αυτοκίνητο.

Ο Ηλίας αισθανόταν το εύφλεκτο υγρό να κυλά πάνω στα πόδια του, να βρέχει το παντελόνι του και τη φωτιά να το ακολουθεί, κάνοντας το δέρμα του να τσούζει. Ο πόνος ήταν αφόρητος. Ο Ηλίας με ανοιχτό το στόμα ούρλιαζε, προσπαθώντας παράλληλα να πάρει ανάσα για να ξαναουρλιάξει, αλλά οι αναθυμιάσεις του υγρού σε συνδυασμό με τον καπνό της φωτιάς και τη γλυκερή μυρωδιά του ίδιου του κορμιού του που καιγόταν, δεν τον άφηναν.

Η κάψα της φωτιάς άγγιζε πλέον το πρόσωπό του. Αισθανόταν τα χείλη του να λιώνουν και τα μάτια του να θαμπώνουν. Ο πόνος τον είχε αποστασιοποιήσει. Ήταν σαν να ζούσε τον πόνο από μακριά, σαν να μην καιγόταν το ίδιο του το κορμί. Το τελευταίο πράγμα που είδαν τα μάτια του, πριν χαθούν στη λαίλαπα της αχόρταγης φλόγας, ήταν το πρόσωπο του άντρα. Η λαχτάρα στα μάτια του, αποδείκνυε πως ρουφούσε άπληστα την εικόνα που ολοκληρωνόταν πια μπροστά του. Κατέγραφε κάθε στιγμή, κάθε ουρλιαχτό του Ηλία και κάθε κομμάτι του κορμιού του που αχρηστευόταν.

Ο Ηλίας έπαψε να υπάρχει. Δεν θα υπήρχε ποτέ ξανά. Το σκοτάδι που βρισκόταν στην ψυχή του, δεν θα επέστρεφε ποτέ στη γη. Είχε καταναλωθεί από τη λυτρωτική δύναμη της φωτιάς. Είχε εκμηδενιστεί.

Λίγες μέρες μετά, στο πρώτο φύλλο μιας γνωστής εφημερίδας των Αθηνών, αναφέρθηκε η εύρεση ενός καμένου αυτοκινήτου και δίπλα του, του απανθρακωμένου κορμιού ενός, κατά την άποψη όσων τον γνώριζαν, φιλήσυχου άντρα. Στις σελίδες με τα πολιτιστικά νέα της εφημερίδας, γινόταν ιδιαίτερη μνεία στο τελευταίο βιβλίο ενός συγγραφέα ιστοριών μυστηρίου με τίτλο: «*Θάνατος μέσα στις φλόγες*». Κανείς όμως, δεν έκανε την παραμικρή σύνδεση ανάμεσα στα δύο άρθρα...

ΧΡΟΝΙΚΑ ΠΑΡΑΔΟΞΑ

Τ*ετάρτη, 14 Ιουνίου 1999*

Το πλοίο κόντευε να φτάσει στο λιμάνι του Πειραιά, όταν ακούστηκαν οι πρώτες φωνές. Ήμασταν καθισμένοι, εγώ και η κόρη μου, στο τελευταίο κατάστρωμα και μαζεύαμε καφέδες και πορτοκαλάδες από το τραπεζάκι, γιατί τα μεγάφωνα είχαν κάνει μόλις την τελευταία ειδοποίηση προς τους επιβάτες ότι φτάνουμε. Γυρίζαμε από τις πρώτες μας διακοπές μαζί. Είχα χωρίσει πολλά χρόνια πριν με τη μητέρα της και μιας που φέτος έμπαινε στα δεκατέσσερα, αποφασίσαμε να πάμε διακοπές οι δυο μας.

Η πρώτη φωνή που έφτασε στα αυτιά μας ήταν γυναικεία.

«Σταματήστε, κάποιος έχει πέσει στη θάλασσα! Βοήθεια ρε παιδιά!»

Την πρώτη φωνή ακολούθησαν κι άλλες και σε λίγο, όσοι βρισκόμασταν στο κατάστρωμα, τρέχαμε προς τα κάγκελα του πλοίου για να δούμε τι γίνεται. Σε μικρή απόσταση μέσα στη θάλασσα, βρισκόταν ένας άντρας, ο οποίος χειρονομούσε άγρια προς την κατεύθυνσή μας. Το πρόσωπό του μου φαινόταν πολύ γνωστό, αλλά δεν μπορούσα να το συνδέσω με κάποιο όνομα.

Την ώρα που αναρωτιόμουν από πού τον ξέρω, ήχησε η σειρήνα του πλοίου και αρχίσαμε να κόβουμε ταχύτητα και να στρεφόμαστε προς το μέρος του. Οι άνθρωποι του πλοίου ρίξανε σωσίβια στο νερό και μόλις τον προσεγγίσαμε αρκετά, άνοιξε ο καταπέλτης του πλοίου και δυο άντρες βούτηξαν στη θάλασσα. Ελάχιστα λεπτά μετά, είδαμε τους άντρες να ανεβάζουν τον ναυαγό στον καταπέλτη και να τον σκεπάζουν με ένα μπουφάν.

Εκείνη ακριβώς τη στιγμή, ξέσπασε ο πανικός. Ακούστηκε μια τεράστια έκρηξη και το πλοίο πήρε κλίση με τα σίδερά του να βογκάνε από την πίεση που δεχόταν. Το ωστικό κύμα της έκρηξης κόλλησε και εμένα και την κόρη μου επάνω στα κάγκελα και αισθανθήκαμε τα κορμιά των ανθρώπων που βρίσκονταν πίσω μας, να κολλάνε με δύναμη επάνω μας. Την έκρηξη ακολούθησε το φούσκωμα της θάλασσας, το οποίο έδωσε ακόμη μεγαλύτερη κλίση στο πλοίο. Αισθανόμουν πως αν άπλωνα το χέρι μου, θα μπορούσα να αγγίξω το νερό.

Το πλοίο άρχισε να γέρνει προς την άλλη πλευρά, πετώντας μας όλους στο πάτωμα. Πρόλαβα και πήρα αγκαλιά την κόρη μου που με κοίταγε με μάτια τεράστια από τον τρόμο. Ήμασταν τουλάχιστον ζωντανοί. Γύρω μας, όσο το πλοίο προσπαθούσε να επιστρέψει κλυδωνιζόμενο στην αρχική του θέση, ακούγαμε κλάματα, κραυγές πόνου και απόγνωσης. Μπορούσα να δω αρκετά κορμιά ξαπλωμένα οριστικά στο πάτωμα. Ανθρώπους που είχαν κάνει τις τελευταίες διακοπές της ζωής τους.

Το καράβι κατάφερε να φτάσει στο λιμάνι με τη βοήθεια του λιμενικού και μας πήραν ασθενοφόρα και μας μετέφεραν στο νοσοκομείο. Ευτυχώς, τόσο εγώ όσο και η κόρη μου, είχαμε μόνο μελανιές και γδαρσίματα. Εγώ σαν πιο τυχερός, είχα και δυο σπασμένα πλευρά. Τουλάχιστον, ήμασταν ζωντανοί. Οι ειδήσεις είπαν πως είχαν χάσει τη ζωή τους πάνω από πενήντα άτομα και πως τουλάχιστον διπλάσιος αριθμός νοσηλευόταν στο νοσοκομείο, σε κρίσιμη κατάσταση. Είπαν επίσης, πως η έκρηξη είχε προκληθεί από κάποιο μηχανισμό που βρισκόταν στην αριστερή πλευρά του πλοίου, στην πλευρά δηλαδή, που καθόμασταν εγώ και το παιδί. Αν δεν είχαμε σηκωθεί να δούμε τον άνθρωπο που βρισκόταν στη θάλασσα, θα ήμασταν και οι δυο νεκροί. Στην καταμέτρηση των επιβατών του πλοίου, σύμφωνα με την τηλεόραση πάντα, βρέθηκαν μόνον όσοι είχαν κόψει εισιτήριο και τα μέλη του πληρώματος. Ο άνθρωπος αυτός, ο σωτήρας μας ουσιαστικά, δεν βρέθηκε ποτέ. Θα πρέπει να ξαναέπεσε στη θάλασσα και να πνίγηκε, δεν υπήρχε άλλη εξήγηση...

Τετάρτη, 14 Ιουνίου 1999

Το πλοίο κόντευε να φτάσει στο λιμάνι του Πειραιά, όταν ακούστηκαν οι πρώτες φωνές. Σε ένα τραπέζι στο τελευταίο κατάστρωμα, ήταν καθισμένος ένας άντρας και ένα κορίτσι γύρω στα δεκατέσσερα. Καθαρίζανε τους καφέδες και τις πορτοκαλάδες από το τραπεζάκι, γιατί τα μεγάφωνα είχαν κάνει την τελευταία ειδοποίηση προς τους επιβάτες ότι το καράβι έφτανε στον προορισμό του.

Ακούστηκε μια τεράστια έκρηξη και το πλοίο πήρε κλίση με τα σίδερά του να βογκάνε από την πίεση που δεχόταν. Το ωστικό κύμα της έκρηξης σχεδόν κατέστρεψε την πλευρά στην οποία καθόταν ο άντρας με το κορίτσι. Την έκρηξη ακολούθησε το φούσκωμα της θάλασσας, το οποίο έδωσε ακόμη μεγαλύτερη κλίση στο πλοίο, κάνοντάς το σχεδόν να ακουμπήσει με το πλάι του το αφρισμένο νερό.

Λίγα δευτερόλεπτα αργότερα, το πλοίο άρχισε να γέρνει προς την άλλη πλευρά, πετώντας όσους επιβάτες είχαν μείνει όρθιοι στο πάτωμα. Καθώς το πλοίο προσπαθούσε να επιστρέψει κλυδωνιζόμενο στην αρχική του θέση, ακούγονταν κλάματα κα κραυγές πόνου και απόγνωσης. Το κατάστρωμα ήταν καλυμμένο με κορμιά ξαπλωμένα οριστικά στο πάτωμα. Ανθρώπους που είχαν κάνει τις τελευταίες διακοπές της ζωής τους. Ανάμεσά τους, βρισκόταν και ένας αιμόφυρτος άντρας που ούρλιαζε από απόγνωση, κρατώντας στα χέρια του ένα νεκρό δεκατετράχρονο κορίτσι.

Το καράβι κατάφερε τελικά να φτάσει στο λιμάνι με τη βοήθεια του λιμενικού και ασθενοφόρα πήραν τους τραυματίες και τους μετέφεραν στο νοσοκομείο. Οι ειδήσεις είπαν πως είχαν χάσει τη ζωή τους πάνω από πενήντα άτομα και πως τουλάχιστον διπλάσιος αριθμός νοσηλευόταν στο νοσοκομείο, σε κρίσιμη κατάσταση. Είπαν επίσης, πως η έκρηξη είχε προκληθεί από κάποιο μηχανισμό που βρισκόταν στην αριστερή πλευρά του πλοίου.

14 Ιουνίου 2015

Κατάφερα επιτέλους πριν από τρεις μήνες, να βρω τρόπο να γυρίσω πίσω στο παρελθόν. Θα μπορέσω, επιτέλους, να σώσω το κορίτσι μου. Όλα αυτά τα χρόνια που πέρασαν, δεν έπαψα ποτέ να αναρωτιέμαι γιατί έπρεπε να είναι αυτή νεκρή και όχι εγώ. Γιατί επέτρεψε ο θεός να χαθεί μια αθώα ψυχή, πριν προλάβει να δει τις ομορφιές της ζωής; Δεν είχε βλάψει ποτέ κανέναν. Το μόνο που έκανε, ήταν να ομορφαίνει τη ζωή των ανθρώπων γύρω της με το κέφι και το χαμόγελό της. Δεν πρέπει να φεύγουν τα παιδιά πριν τους γονείς τους, γαμώτο. Είναι αποτρόπαιο. Είναι παράλογο και καταστρέφει την ίδια την υπόσταση του κόσμου.

Τα πρώτα χρόνια, ήθελα να αυτοκτονήσω. Να φύγω, να πάω κοντά της. Να παρακαλέσω το Θεό να κρατήσει εμένα και να τη στείλει πίσω στη γη. Ας με έστελνε εμένα, όπου ήθελε. Δεν με ενδιέφερε. Η μητέρα της, με είπε φονιά. Είπε πως εγώ έφταιγα που είχε χαθεί το παιδί.

> «Το ξέρω», της απάντησα και με τα μάτια μου να μην τολμούν καν να κλάψουν, έφυγα από το σπίτι της και δεν την ξαναείδα ποτέ.

Πριν πέντε χρόνια, ένας επιστήμονας δήλωσε στην τηλεόραση πως σε λίγο καιρό, τα ταξίδια στο χρόνο θα ήταν πραγματικότητα. Ο άντρας αυτός ήταν Έλληνας και δούλευε σε κάποιο μεγάλο οργανισμό στην Ελβετία. Παράτησα τα πάντα, πούλησα ό,τι είχα και δεν είχα και έφυγα για την Ελβετία. Μετά από πολλές προσπάθειες, έπιασα δουλειά στον οργανισμό ως γραμματέας. Εκμεταλλεύτηκα την κοινή μας εθνικότητα και έγινα φίλος του.

Δυο χρόνια αργότερα, ήμουν προσωπικός του βοηθός. Κανόνιζα τα ραντεβού του, καθαρόγραφα τις σημειώσεις του και εκπλήρωνα κάθε του επιθυμία, αλλά το κυριότερο ήταν πως βρισκόμουν μαζί του στο εργαστήριο. Έβλεπα το μηχάνημα που έφτιαχνε να ολοκληρώνεται σε αργούς ρυθμούς. Είδα να γίνονται τα πρώτα τους πειράματα με το στόμα μου στεγνό, περιμένοντας να δω τα αποτελέσματα. Ήμουν μπροστά όταν έστειλαν ένα σκυλάκι δέκα λεπτά στο παρελθόν. Τον έπεισα να δοκιμάσει πιο βαθιά μέσα στο παρελθόν. Τα κατάφερε. Το μηχάνημα λειτούργησε.

Με βάση τις σημειώσεις του ξέρω πως ακριβώς να χειριστώ το μηχάνημα για να γυρίσω πίσω. Έχω ήδη ρυθμίσει τις παραμέτρους. Θα μείνω στο 1999 για μισή ώρα και μετά, θα επιστρέψω στο σήμερα. Μπαίνω στον κλωβό μεταφοράς και περιμένω. Ακούω το μηχανισμό να σιγομουρμουρίζει και κλείνω τα μάτια μου με το που κάνει την εμφάνισή της η λάμψη της τηλεμεταφοράς. Είμαι μέσα στη θάλασσα. Βλέπω το πλοίο απέναντί μου. Κουνάω τα χέρια μου και ουρλιάζω για να με ακούσουν.

Με βλέπουν. Ο κόσμος μαζεύεται στα κάγκελα και με κοιτάει. Ψηλά, πάνω από το κεφάλι μου, στο τελευταίο κατάστρωμα βλέπω την κόρη μου. Στέκεται δίπλα στο νεότερο εαυτό μου. Είναι πανέμορφη και το κυριότερο, ζωντανή και μακριά από το καταραμένο τραπέζι που καθόμασταν λίγο πριν. Μου πετάνε σωσίβια. Το πλοίο γυρίζει και με ανεβάζουν στον καταπέλτη. Σε λίγο θα ακουστεί. Να και η έκρηξη. Πετάγομαι όρθιος. Όλοι τρέχουν πανικόβλητοι. Με ξεχνούν. Ανεβαίνω τις σκάλες με δυσκολία, γιατί το καράβι χορεύει μέσα στη θάλασσα. Φτάνω στο κατάστρωμα. Βλέπω τον εαυτό μου να την κρατά αγκαλιά. Σηκώνει το κεφάλι της και κοιτάζει μέσα στα μάτια μου. Είναι ζωντανή. Είναι καλά.

Αισθάνομαι ένα τράβηγμα στα σωθικά μου και ξαφνικά, βρίσκομαι και πάλι στο εργαστήριο. Έξω από τον κλωβό, βρίσκεται ο φίλος και αφεντικό μου.

«Τι έκανες;» μου ουρλιάζει καθώς βγαίνω από τον κλωβό.

Του εξηγώ και τον βλέπω να δακρύζει.

«Δεν μπορείς να αλλάξεις την πορεία των πραγμάτων», μου λέει. «Το συνεχές θα βρει τον τρόπο να ολοκληρωθεί. Θα επαναφέρει από μόνο του την τάξη».

Τα πόδια μου λυγίζουν και κάθομαι στο πάτωμα. Κρύβω το πρόσωπό μου στα χέρια μου και κλαίω όσο δεν έχω κλάψει από την ημέρα που την έχασα. Τη χάνω ξανά. Αισθάνομαι ένα σφίξιμο στην καρδιά μου κα έναν πόνο πίσω στην πλάτη. Δεν μπορώ να πάρω ανάσα. Έρχομαι καρδιά μου, έρχομαι να παρακαλέσω το Θεό για να πάρω τη θέση σου.

Σαββάτο, 17 Ιουνίου 1999

Σήμερα το πρωί και ενώ είμαστε έτοιμοι να βγούμε από το νοσοκομείο, η κόρη μου μεταφέρθηκε στην εντατική. Οι γιατροί είπαν πως υπήρχε κάποια ζημιά στο φλοιό του εγκεφάλου, λογικά από την έκρηξη. Στις δύο η ώρα, πέθανε. Θέλω να αυτοκτονήσω. Να φύγω να πάω κοντά της. Να παρακαλέσω το Θεό να κρατήσει εμένα και να τη στείλει πίσω στη γη. Ας με στείλει εμένα, όπου θέλει. Δεν με ενδιαφέρει. Το απόγευμα πήγα στο σπίτι της μητέρας της. Με αποκάλεσε φονιά. Είπε πως εγώ φταίω που χάθηκε το παιδί. Το ξέρω, της απάντησα και με τα μάτια μου να μην τολμούν καν να κλάψουν, έφυγα από το σπίτι της...

Ο ΠΕΥΚΟΣ ΤΟΥ ΓΙΟΥΛΕΚ

Ο Πεύκος στέκεται εκεί, πάρα πολλά χρόνια, κανείς δεν ξέρει από πότε ακριβώς. Από τότε που πρωτοθυμάμαι τον εαυτό μου, αποτελούσε το σημείο συνάντησης του χωριού. Σαν παιδιά, εκεί δίναμε ραντεβού για να μαζευτούμε με τα ποδήλατα για να πάμε βόλτα. Στην εφηβεία, εκεί δίναμε ραντεβού με τις κοπέλες για να βγούμε. Ακόμη και σήμερα, όταν έρχεται κάποιος ξένος στο χωριό, ο Πεύκος του Γιουλέκ αποτελεί το κεντρικό σημείο αναφοράς.

Το περίεργο, ωστόσο, είναι ότι δεν θυμάμαι να έχω δει ποτέ κανέναν να τον ακουμπά. Ούτε κι εγώ ο ίδιος, τώρα που το καλοσκέφτομαι, έχω ακουμπήσει επάνω του ποτέ. Ακόμα και πριν βάλει ο δήμος τα καγκελάκια γύρω του, δεν θυμάμαι να τον έχει ακουμπήσει κανείς. Όσο το σκέπτομαι, τόσο πιο σίγουρος αισθάνομαι. Είναι σαν να υπάρχει κάτι που σε διώχνει, που σε αποτρέπει, που σου απαγορεύει να τον ακουμπήσεις. Μοιάζει σαν να πλανάται μια περίεργη αύρα γύρω του που δεν επιτρέπει ούτε στα πουλιά να σταθούν στα κλαριά του να ξαποστάσουν.

Όσον αφορά στο όνομά του, δεν είμαι εκατό τοις εκατό σίγουρος, αλλά θυμάμαι μια ιστορία, ένα παραμύθι που έλεγε η γιαγιά μου για την εποχή της Τουρκοκρατίας. Εκείνη την εποχή λέει, ο Τούρκος άρχοντας της περιοχής ήταν ο Γιουλέκ Πασάς. Καταγόταν από Ελληνική οικογένεια από τη μεριά της μητέρας του, αλλά είχε Τούρκο πατέρα και δήλωνε πιο Τούρκος και από τους Τούρκους.

Εκείνες οι εποχές, ήταν άναρχες και άγριες. Δεν είχε να κάνει με την εθνικότητα, είχε να κάνει με την ψυχή του ανθρώπου. Όταν ένας άνθρωπος με κακία στην καρδιά όπως ο Γιουλέκ είχε εξουσία, δεν μπορούσε κανείς να κάνει τίποτα. Όσο ήταν εντάξει στις υποχρεώσεις του απέναντι στο κράτος, δεν τον ήλεγχε κανείς απολύτως. Η ζωή των χωριανών πραγματικά, του ανήκε.

Έλεγε, η γιαγιά μου, ότι όταν περνούσε από την πλατεία με το Πεύκο για να πάει στο αρχοντικό του, κρεμούσε στον Πεύκο όποιον σήκωνε τα μάτια του να τον κοιτάξει. Για αυτό, τον ονόμασαν «Πεύκο του Γιουλέκ». Η κακομοίρα η μάνα του που ήταν γέννημα θρέμμα του χωριού, είχε πεθάνει από τον καημό της. Έβλεπε το γιο της να μεγαλώνει και να γίνεται το τέρας στο οποίο είχε εξελιχθεί και ντρεπόταν να βγει από την κάμαρά της. Τελικά, είχε βουτήξει στο ποτάμι και είχε πνιγεί, αφήνοντας τον Γιουλέκ να κλαίει σαν μικρό παιδί στο σημείο που ξεβράστηκε το κορμί της.

Ο Γιουλέκ είχε από τη μεριά της μάνας του έναν ξάδερφο, τον οποίο μισούσε πολύ αλλά δεν μπορούσε να σκοτώσει, γιατί ήταν χριστιανός Παπάς και θα επαναστατούσε το χωριό. Οι οδηγίες που είχε λάβει από τον Βεζίρη, ήταν να αφήνει τους Έλληνες να πηγαίνουν στις εκκλησίες τους όσο καθόντουσαν ήσυχα και να τους απειλεί πως θα τις γκρεμίσει όταν δημιουργούσαν φασαρίες. Αυτό από τη μία, τον βόλευε γιατί είχε ένα μοχλό για να τους κρατά ήρεμους, αλλά από την άλλη, η συγγένειά του με τον παπα-Γιάννη τον έκανε να μισεί τη γενιά της μάνας του.

Ο παπα-Γιάννης από την πλευρά του, ήταν και Παπάς και δάσκαλος. Βοηθούσε τους υπόδουλους Έλληνες να κρατήσουν ζωντανή και τη θρησκεία, αλλά κα τη γλώσσα και τις παραδόσεις τους. Μόλις τελείωνε η λειτουργία, μάζευε τα πιτσιρίκια και τους έλεγε για τους αρχαίους και για το Χριστό. Έμπλεκε τη θρησκεία με την αρχαία Ελλάδα και έκανε τα παιδικά μυαλά να ονειρεύονται ήρωες αγίους και άγιους ήρωες. Γέμιζε τα ελληνόπουλα περηφάνια για τη γενιά και τη θρησκεία τους, χωρίς να τον νοιάζει που γύρναγε στο σπίτι του πολύ αργά το βράδυ.

Ο Γιουλέκ το ήξερε. Υπήρχαν πολλοί καλοθελητές που του έλεγαν οτιδήποτε συνέβαινε στο χωριό και έψαχνε έναν τρόπο να απαλλαγεί από το νεαρό Παπά, χωρίς να δημιουργηθούν προβλήματα με το υπόλοιπο χωριό. Ανάμεσα στους ανθρώπους που είχε στο σπίτι του, ήταν κι ο Μασάφ, ένας Άραβας ευνούχος. Ήταν ο προσωπικός υπηρέτης της γυναίκας του, αλλά ήταν τόσο έξυπνος που είχε καταφέρει να γίνει και κάτι σας προσωπικός σύμβουλος του Γιουλέκ Πασά.

Ένα απόγευμα που καθόταν ο Πασάς στον κήπο του και σκεπτόταν έναν τρόπο να απαλλαγεί από τον ξάδερφό του, ο ευνούχος έσκυψε μέχρι που ακούμπησε η μύτη του στο πάτωμα και του είπε.

«Πολυχρονεμένε μου Πασά, γιατί δεν λες στους ανθρώπους την αλήθεια, αφού ξέρεις ότι ο Παπάς δεν είναι χριστιανός, πιστεύει στους θεούς των αρχαίων, με τους οποίους πιπιλίζει τα μυαλά των παιδιών».

Ο Γιουλέκ γύρισε και τον κοίταξε παραξενεμένος.

«Τι λες ωρέ Μασάφ; Πώς σου 'ρθε αυτό;»

Ο ευνούχος σήκωσε λίγο ψηλότερα το κορμί του και με ένα πονηρό χαμόγελο, είπε στον Πασά:

«Πασά μου, δεν είπα τίποτα εγώ, εσύ σαν ξάδερφός του ξέρεις καλύτερα από τον καθένα σε τι πιστεύει ο Παπάς. Είσαι ο Πασάς, είσαι και ξάδερφός του, ποιός θα αρνηθεί την αλήθεια στα λόγια σου;»

Ο Γιουλέκ άρχισε να καταλαβαίνει το νόημα των λόγων του Μασάφ. Χαμογέλασε και κάλεσε τον αρχηγό της φρουράς του.

«Αύριο το πρωί του είπε, την ώρα της Λειτουργίας, θα πας στο σπίτι του Παπά και θα βάψεις με μπογιά όλες τις εικόνες. Μετά, θα βάλεις όλα αυτά τα αγάλματα που έχει ο Παπάς σε ένα τραπέζι και θα το κάνεις να δείχνει σαν προσευχητάρι».

Ο αρχηγός της φρουράς, έγειρε το κορμί του σε ένδειξη σεβασμού και έφυγε.

Την άλλη μέρα το πρωί, μόλις τελείωσε η δουλειά του αρχηγού της φρουράς, ο Γιουλέκ πήρε μερικούς από τους στρατιώτες του και κατέβηκε στην εκκλησία. Στάθηκε απ' έξω και περίμενε να τελειώσει η Λειτουργία.

Μόλις οι πρώτοι πιστοί βγήκαν έξω από το ναό και είδαν τον Πασά, πάγωσαν. Μπροστά τους, βγήκε με θάρρος ο παπα-Γιάννης και στυλώνοντας το κορμί του, ρώτησε τον Γιουλέκ τι ζητάει έξω από την εκκλησία.

Ο Γιουλέκ απευθυνόμενος στους χωριανούς, τους είπε ότι σαν συμπατριώτης τους, παρά το γεγονός πως δεν πιστεύει στον ίδιο Θεό, οφείλει να τους πει για το σατανά που έχουν ανάμεσά τους. Τους είπε πως ο Παπάς, μόνο Παπάς δεν είναι και πως μαθαίνει στα παιδιά τους να πιστεύουν στους αρχαίους θεούς και καταδικάζει το Χριστό. Οι χωριανοί ξεσηκώθηκαν. Ακούστηκαν πλήθος φωνές, αλλά ο Γιουλέκ τους σταμάτησε και τους ρώτησε, αν είχε μπει ποτέ κανείς μέσα στο σπίτι του Παπά. Οι χωριανοί κοιτάχτηκαν μεταξύ τους. Φυσικά και δεν είχαν πάει ποτέ. Ο παπα-Γιάννης ήταν σχεδόν πάντα στην εκκλησία.

Ο Γιουλέκ χαμογέλασε τρυφερά, σαν πατέρας αντιμέτωπος με τις σκανταλιές των παιδιών του, και τους είπε να στείλουν κάποιο δικό τους να κοιτάξει μέσα στο σπίτι του Παπά. Ένα νεαρό παλικάρι πετάχτηκε μπροστά και είπε πως θα πήγαινε αυτός και ο πατέρας του. Ο Γιουλέκ συμφώνησε και πήγε και κάθισε κάτω από τον Πεύκο μέχρι να γυρίσουν. Ακούμπησε την πλάτη του στο δέντρο και κάρφωσε στα μάτια τον ξάδερφό του που έδειχνε εντελώς μπερδεμένος. Δεν μπορούσε να καταλάβει γιατί είχε στείλει κόσμο ο Πασάς στο σπίτι του. Ένα ερείπιο έτοιμο να πέσει ήταν, γι' αυτό ζούσε ουσιαστικά στην εκκλησία.

Μετά από περίπου μισή ώρα, πατέρας και γιος φάνηκαν να γυρίζουν από το βάθος του δρόμου, λογομαχώντας μεταξύ τους άγρια, κρατώντας στα χέρια τους από μια εικόνα. Μόλις έφτασαν κοντά στον Παπά, ο νεαρός τον χτύπησε με την εικόνα στο κεφάλι, ρίχνοντάς τον στο χώμα. Ο Παπάς με αίμα να κυλάει στο πρόσωπό του, κοίταξε το Γιουλέκ που χαμογελούσε. Κατάλαβε ότι του είχε στήσει παγίδα.

Σε ελάχιστο χρόνο, τα λόγια αυτών που είχαν δει το σπίτι του, έφεραν την καταιγίδα. Οι ίδιοι του οι συγχωριανοί, οι άνθρωποι που λάτρευε και πρόσεχε σαν να ήταν παιδιά του, είχαν κρεμάσει ένα σκοινί από τον Πεύκο και του πέρναγαν τη θηλιά στο λαιμό. Ο Γιουλέκ, τους είπε να περιμένουν και πήγε μπροστά του.

«Είμαστε ξαδέρφια», του είπε και έσκυψε και τον φίλησε στο μέτωπο.

Ο Παπάς κοίταξε τους συγχωριανούς του χαμογελώντας και τους είπε πως δεν τους θεωρεί υπευθύνους για τίποτα, τους αποχαιρέτησε και γύρισε προς τον Γιουλέκ.

> «Ιούδα της φυλής και του θεού σου, σε αυτό το δέντρο θα πεθάνεις κι εσύ, μονάχος σου, όπως πέθανε και η μητέρα σου, εξαιτίας σου. Κανείς δεν θα σε ακουμπήσει ξανά, όπως δεν σε ξανακούμπησε κι αυτή. Αντίο σου καταραμένε».

Ο Γιουλέκ έκανε ένα βήμα προς τα πίσω, σαν να τον είχαν χαστουκίσει και έκανε σήμα στους στρατιώτες να κρεμάσουν τον Παπά. Τον είδε να σπαρταράει για τελευταία φορά και μετά, πήρε το δρόμο για το αρχοντικό του μαζί με τους στρατιώτες του.

Αργά το ίδιο βράδυ, μέσα στον ύπνο του, άκουσε τη φωνή της μητέρας του να τον φωνάζει.

> «Γιαννάκη, Γιουλέκ, γιε μου πού είσαι; γιατί με έχεις αφήσει μόνη μου εδώ πάνω; Είμαι βρεγμένη και κρυώνω...»

Ο Γιουλέκ που το ελληνικό του όνομα ήταν Γιάννης, όπως και του νεκρού ξαδέρφου του, πετάχτηκε τρομαγμένος από το κρεβάτι του. Με τον ιδρώτα να κυλάει ποτάμι σε όλο του το κορμί, άρχισε να ψάχνει το αρχοντικό του για να βρει τη μητέρα του.

Η φωνή της ερχόταν τελικά από τον κήπο. Ο Γιουλέκ ξυπόλητος και φορώντας μονάχα το μακρύ του εσώρουχο, βγήκε τρέχοντας στην αυλή.

«Μητέρα μου, πού είσαι; Έρχομαι να σε σκεπάσω».

Ακολουθώντας τη φωνή της μητέρας του, βγήκε στο δρόμο και άρχισε να κατηφορίζει προς το χωριό, ματώνοντας τα πόδια του στις πέτρες και τα αγκάθια. Η φωνή της μητέρας του ακούστηκε δυνατότερα την ώρα που αντίκρισε από μακριά το καμπαναριό της εκκλησίας. Ο Γιουλέκ άρχισε να τρέχει, κλαίγοντας.

> «Μητέρα μου, μητερούλα μου», ακουγόταν η φωνή του, «ο Γιαννάκης σου έρχεται. Δεν θα σε αφήσω ποτέ ξανά μόνη σου».

Φτάνοντας μπροστά στον Πεύκο, είδε το κορμί του ξαδέλφου του κρεμασμένο, δεν είχε πάει κανείς να τον κατεβάσει. Από πάνω του, στη διχάλα που είχαν δέσει το σχοινί που του πήρε τη ζωή, ήταν κουρνιασμένη η μητέρα του.

> «Γιαννάκη μου», του είπε, «είναι και ο ξάδελφος σου εδώ, αλλά δεν με βοηθάει» και του έδειξε το νεκρό κορμί του Παπά.

«Δεν μπορεί μανούλα να σε βοηθήσει και φταίω εγώ».

Ο Γιουλέκ χάιδεψε το δασύτριχο μάγουλο του Παπά με αγάπη και μετά, κοίταξε τη μητέρα του.

> «Έφτασα μανούλα, θα σε βοηθήσω εγώ. Θα σε κατεβάσω κα μετά, θα πάμε στο σπίτι μας».

Πάτησε στη ρίζα του Πεύκου και πιάστηκε από το σκοινί που κρεμόταν ο ξάδερφός του. Τράβηξε το κορμί του προς τα επάνω και πέρασε το κεφάλι του μέσα από τη διχάλα του κορμού.

«Ήρθα μανούλα» είπε, «έφτασα».

Την ίδια στιγμή, το σκοινί που δεν μπορούσε να κρατήσει το βάρος και των δυο αντρών, έσπασε και ο Γιουλέκ έχασε την ισορροπία του και γλίστρησε προς τα κάτω. Ο λαιμός του πιάστηκε στη διχάλα και έσπασε, αφήνοντας το κορμί του κρεμασμένο δίπλα στο κορμί του ξαδέρφου του.

Την άλλη μέρα το πρωί, οι χωριανοί όλο απορία είδαν πως στο δέντρο δεν κρεμόταν πια το κορμί του παπα-Γιάννη. Λίγες ώρες αργότερα, έμαθαν πως είχε εξαφανιστεί και ο Πασάς μέσα στη νύχτα και πως τη θέση του θα έπαιρνε προσωρινά ο ευνούχος του. Τότε, κατάλαβαν τα πάντα. Κανένας, όμως, δεν ακούμπησε ποτέ ξανά τον Πεύκο του Γιουλέκ.

ΠΑΝΓΑΙΑ

Μια φορά κι έναν καιρό, η Γη μας δεν ήταν όπως σήμερα. Ήταν σχεδόν ολόκληρη, καλυμμένη από τη γαλάζια θάλασσα και υπήρχε ένα μεγάλο ενιαίο κομμάτι στεριάς. Φαντάσου όλες τις ηπείρους που ξέρουμε σήμερα, ενωμένες μεταξύ τους. Ε, αυτό είναι, έτσι έμοιαζε. Αυτό το ενιαίο κομμάτι ξηράς λοιπόν, λεγότανε τότε Πανγαία. Ήτανε όμορφη η Πανγαία. Τα ποτάμια κυλούσαν ελεύθερα, τα δέντρα ήτανε οι βασιλιάδες της ξηράς, δεν υπήρχαν δρόμοι και πολυκατοικίες, δεν υπήρχαν αυτοκίνητα, δεν υπήρχε τίποτα από όλα αυτά που βλέπουμε σήμερα γύρω μας και ο ουρανός ήταν πεντακάθαρος και φωτεινός.

Αν υπήρχαν άνθρωποι; Φυσικά και υπήρχαν και μάλιστα, όχι μόνο μια ράτσα η δικιά μας, αυτή που ξέρουμε σήμερα, αλλά και άλλη μια παλιότερη, πιο άγρια και με μεγαλύτερη συγγένεια με το ζωικό βασίλειο παρά με τον άνθρωπο. Αυτοί οι άνθρωποι, οι παλιότερης ράτσας δηλαδή, ζούσανε στα βουνά και στις σπηλιές, ενώ ο καινούριος άνθρωπος ζούσε στις κοιλάδες και τα δάση. Ήτανε ωραία εκείνη η εποχή. Φαντάσου ότι πολλά από τα ζώα μιλούσαν ακόμη και κανόνιζαν τη δικιά τους ζωή κατά πώς ήθελαν, χωρίς να τα ενοχλεί κανείς. Υπήρχαν γενικά διαμάχες ανάμεσα στα είδη, αλλά υπήρχε τόσος ελεύθερος χώρος που τις περισσότερες φορές, έκαναν πολύ καιρό να βρεθούν είδος με είδος. Τι τα θες; Ήτανε ωραίοι καιροί εκείνοι, άκου και μένα που τους έζησα. Τα προβλήματα αρχίσανε, όταν άρχισαν τα χιόνια και οι πάγοι να κατεβαίνουν από τα βουνά όλο και πιο χαμηλά. Χειμώνας, θα μου πεις. Δεν ήτανε οι εποχές τότε, όπως είναι σήμερα. Τα χιόνια κατεβαίνανε κάθε πάρα πολλά φεγγάρια. Φαντάσου ότι εκείνη τη φορά που σου λέω, εγώ ήμουνα είδη διακοσίων χρονών και δεν είχα ξαναδεί χιόνι. Τι; Πόσο χρονών είμαι; Εγώ παλικάρι μου είμαι παραμυθάς. Η δικιά μου ράτσα δεν γερνάει. Υπήρχε πάντα ένας από εμάς εδώ, στη Γη, και όταν ερχότανε η ώρα του να φύγει, έπαιρνε κάποιος άλλος τη θέση του. Έτσι όπως θα πάρει και τη δικιά μου θέση κάποιος άλλος, έτσι πάνε αυτά, κανείς δεν είναι αθάνατος, απλά ο χρόνος για μερικούς μετράει διαφορετικά.

Πού είχα μείνει; Α ναι. Ο άνθρωπος, η ράτσα που ξέρουμε σήμερα δηλαδή, ζούσε σε μια τεράστια πεδιάδα κοντά σε ένα ποτάμι. Μη φανταστείς πολύ κόσμο, καμιά πεντακοσαριά νομάτοι ήταν όλοι κι όλοι, αλλά ήτανε αγαπημένοι μεταξύ τους και πρόστρεχε ο ένας τον άλλο με όλες τους τις δυνάμεις. Αυτός ο λαός που λες, είχε μάθει να σπέρνει τη γη και να εκτρέφει ζώα για το γάλα και το κρέας τους. Είχε κάνει ακόμα και μια συμφωνία με τα άλογα. Ναι, τα άλογα τότε μιλούσανε ακόμη και είχαν και πολύ μυαλό, μη σου πω πιο πολύ από τους ανθρώπους. Είχανε συμφωνήσει λοιπόν, να αφήνουν τους ανθρώπους να τα καβαλικεύουν, μιας και τα πόδια τους άντεχαν καλύτερα τις μεγάλες αποστάσεις και για αντάλλαγμα, οι άνθρωποι τους φτιάχνανε σπίτια για να κοιμούνται και να προφυλάγονται από τις βροχές και τους δίνανε τροφή, μιας και οι καλλιέργειες τότε έφταναν να φάνε όλοι οι άνθρωποι και περισσεύανε κιόλας. Το μόνο που τα άλογα ξεκαθάρισαν από την αρχή, ήταν πως δεν θα πήγαιναν ποτέ σε μάχη με τον άνθρωπο να τα καβαλικεύει. Κάποιος αρχαίος μάντης είχε πει πως την ημέρα που ένας άνθρωπος θα πολεμούσε πάνω στην πλάτη ενός αλόγου, τα άλογα θα χάνανε τη μιλιά και τη σκέψη τους. Αυτό το είχανε ξεκαθαρίσει από την αρχή.

Τα χρόνια κυλάγανε όμορφα και η ζωή στο χωριό των ανθρώπων και των αλόγων ήταν ήσυχη και ευτυχισμένη. Η εποχή του χιονιού και της παγωνιάς όμως, πλησίαζε κι ας μην το ήξερε κανείς τους. Είχαν προσέξει ότι τα χιόνια στο βορά είχαν κατέβει χαμηλότερα και πως η θερμοκρασία είχε πέσει αρκετά, αλλά όταν δεν γνωρίζεις κάτι, δεν το φοβάσαι, οπότε δεν είχαν καμία ανησυχία και η ζωή κυλούσε στο δρόμο της. Ο αρχηγός των ανθρώπων λεγόταν Δευκαλίωνας και ήταν γερός άντρας και δίκαιος. Τα ίδια χαρίσματα είχε και ο γιος του, ο Φίλιππος. Θα μου πεις τώρα, γιατί είχαν Ελληνικά ονόματα. Δεν είχαν αλλά και να στα πω τα κανονικά τους ονόματα, δεν θα μπορέσεις να τα προφέρεις, οπότε κρατάμε αυτά και προχωράμε. Ο γιός του αρχηγού, ο Φίλιππος λοιπόν, ήταν αρχηγός στην αποικία. Ξέρεις, τα χωράφια θέλουνε πολύ νερό και το χωριό ήταν φτιαγμένο σε αρκετή απόσταση από το ποτάμι για να μην πλημμυρίζει όταν φουσκώνει. Έτσι, είχαν φτιάξει οι άνθρωποι μια αποικία σχεδόν δίπλα στο ποτάμι, αλλά αρκετά ψηλότερα στην πεδιάδα και με τη βοήθεια των αλόγων, πήγαιναν και ερχόντουσαν.

Ο Φίλιππος είχε ζητήσει την άδεια από τον πατέρα του που λες, για να μην κουράζουν πολύ τα άλογα, να φτιάξουν πρόχειρα καταλύματα δίπλα στα χωράφια και να μένουν μερικοί άντρες μαζί του εκεί. Μια φορά το μήνα, τους αντικαθιστούσε μια άλλη ομάδα με τον ίδιο αριθμό αντρών. Ο Φίλιππος καβαλούσε και ήταν πολύ φίλος του αρχηγού των αλόγων, του Φλόγα. Μη με ρωτήσεις γιατί Φλόγα, έτσι μου αρέσει. Είπαμε, δεν είναι τα κανονικά τους ονόματα. Ο Φλόγας με το Φίλιππο, όπως σου έλεγα, είχαν μεγαλώσει μαζί και είχαν γίνει φίλοι αχώριστοι. Ήταν ο ένας η παρέα και η συντροφιά του άλλου, όλα τα βράδια που έμεναν στην αποικία.

Ένα από αυτά τα βράδια λοιπόν, κάθονταν δίπλα-δίπλα άνθρωποι και άλογα και κουβεντιάζανε κοντά στη φωτιά. Είχαν φάει και είχαν χορτάσει όλοι, ήταν και κουρασμένοι από τη δουλειά όλης της ημέρας, οπότε κάθονταν απλά εκεί και έλεγαν ιστορίες του παρελθόντος για τέρατα και σαύρες τεράστιες, πιο μεγάλες ακόμα και από τα άλογα και για πολέμους και ηρωικές μάχες. Ιστορίες που είχαν ακούσει από τους γεροντότερους μπροστά σε μια φωτιά σαν κι εκείνη που απολάμβαναν εκείνη τη στιγμή. Κάποια στιγμή που λες, ακούσανε πόδια αλόγων να πλησιάζουν, αλλά δεν έδωσαν και ιδιαίτερη σημασία, μιας και περίμεναν από στιγμή σε στιγμή να γυρίσουν οι άντρες που είχαν βγει για κυνήγι. Στην αποικία, δεν είχαν ζώα, οπότε για να φάνε κρέας, οι άνθρωποι φυσικά όχι τα άλογα, έπρεπε να κυνηγήσουν.

Οι κυνηγοί πλησίασαν και κατέβηκαν από τα άλογα. Λείπανε όλη την ημέρα, αλλά κυνήγι δεν είχανε φέρει καθόλου. Μόλις πλησίασαν στη φωτιά, στάθηκαν όρθιοι και κοίταξαν τον αρχηγό τους ανήσυχοι. Ο Φίλιππος σηκώθηκε όρθιος και τους ρώτησε τι είχε συμβεί. Το λόγο πήρε ο μεγαλύτερος σε ηλικία, οι άνθρωποι τότε σέβονταν τους γηραιότερους. Ο σοβαρός αυτός άντρας, κόμπιασε στην αρχή, αλλά στη συνέχεια, πήρε μια βαθιά ανάσα και άρχισε να μιλά. Είχαν πέσει πρωί-πρωί επάνω σε ένα κοπάδι ελάφια, είπε, και άρχισαν να το ακολουθούν για να δουν ποια ήταν τα πιο αδύναμα ζώα, αυτά που θα γινόντουσαν το κυνήγι τους.

Τα ακολουθήσανε σχεδόν μέχρι να φτάσει ο ήλιος στη μέση του ουρανού και φτάσανε πολύ βόρεια, σε ένα πολύ πυκνό δάσος που δεν είχαν ξαναπάει ποτέ. Εκεί, είπε, στα σημεία που το φως του ήλιου δεν μπορούσε να φτάσει, είχε πάγο στο χώμα και έκανε πολύ κρύο. Ακολούθησαν τα ελάφια μέσα στο δάσος και ξαφνικά, τα είδαν να φεύγουν με ψηλά πηδήματα σαν να είχαν τρομάξει από κάτι. Κατεβήκανε από τα άλογα και αυτό που συνάντησαν, τους έκανε να τα χάσουν.

Το ξέφωτο που βρήκαν μπροστά τους, ήταν σπαρμένο με νεκρά ζώα. Τα ζώα ήταν νεκρά, πεσμένα στο έδαφος και μισοφαγωμένα ωμά. Κοιτάξανε ένα γύρω, μα δεν βρήκανε σημάδια από πατημασιές σαρκοφάγων ζώων. Υπήρχαν όμως, πατημασιές από γυμνά ανθρώπινα πόδια. Ποιος άνθρωπος θα έτρωγε κρέας ωμό και μάλιστα λίγα κομμάτια μόνο από κάθε ζώο και θα παράταγε το υπόλοιπο στο χώμα; Οι άντρες και τα άλογα νευρίασαν, κανείς δεν είχε δικαίωμα να παίρνει ζωές τόσο ασυλλόγιστα και να μη σέβεται τους υπόλοιπους κατοίκους της γης. Ποιος θα μπορούσε να κάνει τέτοιο πράγμα; Τι είδους τέρας ήταν αυτό;

Μια φωνή, ενός από τους μεγαλύτερους άντρες της ομάδας, ακούστηκε δειλά κάπου πίσω από τη φωτιά. Μπορεί να ήτανε και η δικιά μου, θα σε γελάσω.

> «Οι παππούδες μας έλεγαν κάποτε για τον άγριο άνθρωπο των βουνών», είπε.

Γέλια ακούστηκαν από την ομάδα και φωνές που μίλαγαν για παραμύθια και ιστορίες που λέγονται στα παιδιά για να φοβούνται να απομακρυνθούν μονάχα τους από το χωριό.

> «Μη γελάτε με τις διδαχές του παρελθόντος», ακούστηκε η φωνή του Φλόγα, «κάθε παραμύθι και κάθε ιστορία, από κάπου έχει ξεκινήσει».

Οι φωνές και τα γέλια σταμάτησαν απότομα και μια παγωμάρα που δεν οφειλόταν στη θερμοκρασία του περιβάλλοντος, κάλυψε την ομάδα. Ο Φίλιππος πήρε το λόγο.

> «Θα χωριστούμε σε δυο ομάδες και αύριο πρωί, θα ξεκινήσουμε. Η μια ομάδα θα πάει στο χωριό να ενημερώσει τον πατέρα μου και η άλλη, θα έρθει μαζί μου για να δούμε τι ακριβώς συμβαίνει. Είτε είναι κάποιο ζώο, είτε ξύπνησαν οι μύθοι, πρέπει να προστατέψουμε τις οικογένειές μας».

Ο Φλόγας συμφώνησε μαζί του και αποτραβήχτηκε με τα υπόλοιπα άλογα για να αποφασίσουν τι θα κάνουν.

Νωρίς την επόμενη ημέρα, οι άντρες χωρίστηκαν σε δυο ομάδες και περίμεναν τα άλογα για να ξεκινήσουν. Ο Φίλιππος διάλεξε τους δυνατότερους και γενναιότερους από τους άντρες του και πήρε μαζί του και έναν από τους κυνηγούς για να του δείξει το δρόμο. Μόλις τα άλογα τους πλησίασαν, ο Φλόγας κοιτώντας το Φίλιππο, του είπε την απόφαση που είχαν πάρει.

> «Θα έρθουμε μαζί, γιατί ο κίνδυνος αγγίζει και εμάς. Μην ξεχνάτε όμως, την προφητεία. Κανένα άλογο δεν θα πολεμήσει στο πλευρό σας, ακόμη και αν βρεθούμε μπροστά στο μεγαλύτερο κίνδυνο».

Ο Φίλιππος κατένευσε και έδωσε το σήμα για να ξεκινήσουν.

Ο ήλιος είχε μόλις αρχίσει να απλώνει το φως του στην πλάση και η πρωινή δροσιά έκανε τα φύλλα των δέντρων να γυαλίζουν. Οι δυο ομάδες χωρίστηκαν και κίνησαν η καθεμία προς την κατεύθυνση που της έπρεπε. Εγώ πήγα με το Φίλιππο. Ήθελα να δω από πρώτο χέρι τι θα συνέβαινε. Εμείς, οι παραμυθάδες, το έχουμε αυτό. Για κάποιο λόγο, καλό ή κακό δεν ξέρω, θα σε γελάσω, αλλά είμαστε πάντα κάπου εκεί γύρω όταν συμβαίνουν σοβαρά πράγματα.

Μη στα πολυλογώ λοιπόν, μετά από αρκετή πορεία, ο κυνηγός που είχαμε μαζί μας, σήκωσε το χέρι του και μας έδειξε ένα πυκνό, σχεδόν απροσπέλαστο δάσος. Εκείνη την εποχή, τα δάση ήταν ακόμα παρθένα, σε κάποια δεν έβρισκες καν τρόπο να περάσεις στο εσωτερικό τους. Στη δεξιά πλευρά του δάσους, δίπλα σε ένα μεγάλο βράχο, ξεκινούσε ένα μονοπάτι. Το συγκεκριμένο σημείο ήταν φανερό πως αποτελούσε πέρασμα για τα ζώα που ζούσαν στην περιοχή. Ο Φίλιππος μπήκε στην κεφαλή της ομάδας μας και ξεκινήσαμε ένας-ένας να τον ακολουθούμε μέσα στο δάσος.

Τα πράγματα ήταν όπως μας τα είχαν περιγράψει οι κυνηγοί την προηγούμενη ημέρα. Λεπτός πάγος έτριζε κάτι από τις οπλές των αλόγων μας και όλοι, ασυναίσθητα, σφίξαμε επάνω μας τους μανδύες μας. Ο ήλιος ίσα που πέρναγε από το φύλλωμα των δέντρων και έκανε πραγματικά πολύ κρύο. Πάψαμε ωστόσο να το νιώθουμε, μόλις φτάσαμε στο ξέφωτο που μας είχε πει ο κυνηγός και αντικρίσαμε το σημείο της σφαγής. Δεκάδες ελάφια, αλλά και μικρότερα ζώα, κείτονταν στο έδαφος νεκρά, χωρίς λόγο και με τρόπο αναίσχυντο.

Κατεβήκαμε από τα άλογα και άλλοι στενοχωρημένοι, άλλοι νευριασμένοι, αρχίσαμε να τραβάμε τα σώματα των νεκρών ζώων στη μέση του ξέφωτου. Το λιγότερο που θα μπορούσαμε να κάνουμε, από σεβασμό και μόνο, ήταν να κάψουμε τα κορμιά τους. Να μην επιτρέψουμε στα αγρίμια να συνεχίσουν την ατιμία που είχαν ξεκινήσει κατά τα φαινόμενα άνθρωποι. Τα ζώα που κυνηγούσαμε ήταν πάντα, τα πιο αδύναμα και μόνο όσα χρειαζόμασταν για να τραφούμε και να φτιάξουμε ρούχα και παπούτσια. Αυτή η σφαγή ήταν κάτι ανήκουστο.

Αφού συγκεντρώσαμε τα πτώματα, ανάψαμε μια μεγάλη φωτιά και τα κάψαμε με δάκρια στα μάτια. Ο Φλόγας πήρε τον Φίλιππο παράμερα και του είπε πως θα έφευγε με τα υπόλοιπα άλογα, μιας και δεν χωρούσαν να κινηθούν μέσα στο πυκνό δάσος, αλλά και επειδή όπως όλα έδειχναν, ο Φίλιππος είχε σκοπό να κυνηγήσει αυτούς που είχαν σκοτώσει τα ζώα και να τους τιμωρήσει.

«Ξέρεις ότι δεν μπορούμε να πολεμήσουμε μαζί σας», είπε και αφού χαιρέτησε τον φίλο του, πήρε τα υπόλοιπα άλογα και με τις ευχές μας, απομακρύνθηκαν με αργά βήματα από κοντά μας, μέχρι που χαθήκαν από τα μάτια μας.

Όταν ο ήλιος κόντευε πια να φτάσει στο ψηλότερό του σημείο, η φωτιά είχε ολοκληρώσει το έργο της. Σβήσαμε με προσοχή τις τελευταίες φλόγες και ξεκινήσαμε να ακολουθούμε τα ανθρώπινα ίχνη που είχαν εντοπίσει πρώτοι οι κυνηγοί. Τα ίχνη ήταν πράγματι ανθρώπινα, αν και αρκετά φαρδύτερα από αυτά που αφήναμε εμείς. Προχωρήσαμε πολλές ώρες ακολουθώντας τα και φτάσαμε στην άλλη πλευρά του δάσους. Εκεί που τα δέντρα σταματούσαν, υπήρχε ένα φαρδύ ποτάμι και στην απέναντι πλευρά, τα βραχώδη ριζά ενός μεγάλου βουνού με πολλές σπηλιές.

Αποφασίσαμε που λες, να σταματήσουμε για να φάμε κάτι. Μπορεί όσο σκεφτόμασταν τη σφαγή που είχε γίνει να μην πεινούσαμε, αλλά το κορμί πρέπει να τρέφεται. Ανάψαμε μια φωτιά, μιας και το κρύο ήταν πια τσουχτερό και καθίσαμε ένα γύρο αμίλητοι. Ο Φίλιππος με κοίταξε και άρχισε να με ρωτά για τους άγριους ανθρώπους των βουνών. Ήθελε να τους πω και πάλι το παραμύθι που είχαν να ακούσουν από παιδιά. Να θυμηθεί τι έλεγε και να δει αν θα μπορούσε να έχει κάποια σχέση με αυτά που συνέβαιναν.

Το παραμύθι εκείνο λοιπόν, φίλε μου, μιλούσε για την αρχή του Κόσμου. Έλεγε πως ο Ένας, αυτός που υπήρχε πάντα, καθόταν κάθε μέρα μέσα στην καλύβα του. Κάποια στιγμή όμως, αισθάνθηκε μοναξιά. Βγήκε από την καλύβα του και μίλησε στον αέρα:

«Αέρα θα με βοηθήσεις με το ισχυρό σου φύσημα, να φτιάξω πλάσματα για να μας κάνουνε παρέα;»

Ο αέρας δέχτηκε και μαζί, φτιάξανε τα πουλιά. Μετά, ο Ένας πλησίασε το πρώτο ποτάμι:

> «Ποτάμι θα με βοηθήσεις με τα ορμητικά σου νερά να φτιάξω πλάσματα για να μας κάνουνε παρέα;»

Το ποτάμι δέχτηκε και μαζί, φτιάξανε τα ζώα του νερού. Μετά, ο Ένας πήγε στο πρώτο δάσος:

> «Δάσος θα με βοηθήσεις με τα πανύψηλά σου δέντρα να φτιάξω πλάσματα για να μας κάνουνε παρέα;»

Το δάσος δέχτηκε και μαζί, φτιάξανε τα ζώα της ξηράς.

Ο Ένας, τότε, έφτιαξε μια βολική καρέκλα για να κάθεται, αλλά του περίσσεψε μπόλικο ξύλο από το δέντρο που του είχε κάνει δώρο το δάσος, οπότε έφτιαξε ακόμη μια. Κάθε πρωί, έβγαινε από την καλύβα του, καθόταν σε μια από τις δυο καρέκλες και έπιανε κουβέντα με τα ζώα. Η δεύτερη καρέκλα όμως, έμενε πάντα άδεια, μιας και τα ζώα δεν μπορούσαν να κάτσουν όπως αυτός. Ένα βράδυ λοιπόν, ρώτησε το φεγγάρι:

> «Φεγγάρι, θα με βοηθήσεις με τις ασημένιες σου ακτίνες να φτιάξω ανθρώπους για να μας κάνουνε παρέα;»

Το φεγγάρι δέχτηκε και μαζί, φτιάξανε τους πρώτους ανθρώπους.

Στην αρχή, όλα πήγαιναν μια χαρά. Καθόταν μαζί με έναν από τους ανθρώπους στις δυο καρέκλες και κουβεντιάζανε όλο το βράδυ, μιας και τα παιδιά του φεγγαριού όλη την ημέρα έπρεπε να κοιμούνται. Το σκοτάδι όμως στη ζωή τους, επηρέασε και το μυαλό τους. Λίγο καιρό μετά, άρχισαν να τσακώνονται με τον Έναν και μιας και δεν μπορούσαν να τον βλάψουν, τον εκδικούνταν σκοτώνοντας ζώα, ψάρια και πουλιά και βάζοντας φωτιά στα δάση. Ο Ένας στεναχωρήθηκε πολύ, αλλά μιας και ήταν παιδιά του και δεν μπορούσε να τους κάνει κακό, τα έδιωξε από κοντά του και τα έστειλε να ζήσουν ψηλά στα βουνά που δεν είχαν ούτε πολλά ψάρια, ούτε πολλά ζώα, ούτε πολλά δέντρα για να πληγώσουν.

Όλο το βράδυ, ο Ένας έμεινε ξύπνιος από τη στενοχώρια του. Του άρεσε η παρέα των ανθρώπων. Μόλις ξημέρωσε λοιπόν, ρώτησε τον ήλιο:

> «Ήλιε θα με βοηθήσεις με τις χρυσές ακτίνες σου να φτιάξω νέους ανθρώπους με ζεστή καρδιά για να μας κάνουνε παρέα;»

Ο Ήλιος δέχτηκε και έτσι, δημιουργηθήκαμε εμείς. Από τότε, κάθε πρωί, όταν συγκεντρωνόμαστε για το πρωινό μας, ο Ένας κάθετε μαζί μας και μας μιλάει, ενώ οι άγριοι άνθρωποι ζουν στα βουνά και περιμένουν με ζήλια να βρουν τρόπο για να βλάψουνε τον Έναν, αλλά και εμάς που πήραμε τη θέση τους στην καρέκλα Του.

Ο Φίλιππος με κοίταξε στα μάτια και με ρώτησε αν υπήρχε περίπτωση το παραμύθι να είναι αληθινό.

> «Φυσικά και είναι» του απάντησα. «Εγώ δεν είχα γεννηθεί ακόμη, αλλά ήταν εκεί κάποιος παραμυθάς πρόγονός μου. Έκατσε στην καρέκλα του Ενός και μίλησε μαζί του».

Του είπα, επίσης, ότι τους είχα δει τους άγριους με τα ίδια μου τα μάτια, πολύ πριν γεννηθεί αυτός και ο φίλος του ο Φλόγας. Είχα δει από κοντά το μίσος και τη ζήλεια τους και είχα κλάψει για τους νεκρούς που είχαν αφήσει πίσω τους, ακόμη και ανάμεσα σε εμάς τους ανθρώπους.

Όλη η ομάδα ταράχτηκε φανερά, αλλά παίρνοντας δύναμη από το Φίλιππο, ορκίστηκε να κυνηγήσει τους άγριους και να μην τους αφήσει να πληγώσουν ποτέ πια κανένα πλάσμα. Αφού φάγαμε και ξεδιψάσαμε με τα παγωμένα νερά του ποταμιού, αρχίσαμε να ανεβαίνουμε το βουνό. Είχε αρχίσει να βγαίνει το φεγγάρι, όταν ακούσαμε άγριες φωνές και ουρλιαχτά.

Από τις σπηλιές, ξεκίνησαν να ξεχύνονται άγριοι άνθρωποι. Ήταν λεφούσια ολόκληρα. Τα ακόντια, τα βέλη και οι πέτρες που μας πετούσαν, καλύπτανε τον ουρανό. Ο Φίλιππος, μας φώναξε να γυρίσουμε πίσω και να κρυφτούμε στο δάσος. Όσο ήμασταν στον ανοιχτό χώρο, στη πλαγιά του βουνού, ήμασταν εύκολη λεία για τους άγριους. Αρχίσαμε να τρέχουμε πανικόβλητοι προς το ποτάμι, βλέποντας τους συντρόφους μας να πέφτουν ένας-ένας νεκροί από τις βολές που δεχόμασταν.

Με χίλιους κόπους και αποδεκατισμένοι, ριχτήκαμε στα νερά του ποταμού και περνώντας απέναντι, κρυφτήκαμε πίσω από τα πρώτα δέντρα του δάσους. Οι άγριοι φτάσανε με αργά βήματα στην άλλη πλευρά του ποταμού και δείχνοντας προς το μέρος μας, ετοιμάστηκαν να μας πλησιάσουν. Ο Φίλιππος στράφηκε προς το μέρος μου:

> «Μάλλον μέχρι εδώ ήταν, παραμυθά» είπε και μου έβαλε ένα μακρύ μαχαίρι στο χέρι. «Το δικό σου είναι μόνο για να κόβεις το φαΐ σου».

Είχαμε απομείνει τέσσερεις σύντροφοι όλοι κι όλοι, αλλά θα πουλάγαμε το τομάρι μας πολύ ακριβά. Οι άγριοι πέρασαν το ποτάμι και άρχισαν και πάλι να εκσφενδονίζουν πέτρες, βέλη και ακόντια προς το μέρος μας, χωρίς να πλησιάζουν. Δεν χρειαζόταν, ήταν θέμα χρόνου μέχρι να μας πετύχει κάποιο από όλα. Χαμηλώσαμε όσο πιο πολύ μπορούσαμε τα κορμιά μας για να δίνουμε μικρότερο στόχο και προσευχόμενοι στον Έναν, ετοιμαστήκαμε για αυτό που θα ακολουθούσε.

Ξαφνικά, κάπου μακριά, παράλληλα με το ποτάμι, ακούσαμε μεγάλη φασαρία και καλπασμούς αλόγων. Ο Δευκαλίωνας με τους υπόλοιπους άντρες του χωριού, έρχονταν καβάλα στα άλογα για να μας σώσουν. Ο Φλόγας που ήταν μπροστά από τον πατέρα του και το Δευκαλίωνα, σηκώθηκε στα δυο πίσω πόδια του και χτύπησε τον πρώτο άγριο που τον πλησίασε στο κεφάλι. Στη συνέχεια, έγινε πανζουρλισμός. Άνθρωποι και άλογα ξεχύθηκαν επάνω στους άγριους και σε ελάχιστο χρόνο, κατάφεραν να σκοτώσουν τους περισσότερους από αυτούς. Παίρνοντας θάρρος, βγήκαμε κι εμείς από τις κρυψώνες μας και τρέξαμε να τους βοηθήσουμε.

Όσοι από τους άγριους κατάφεραν να ξεφύγουν, χώθηκαν τρέχοντας στις σπηλιές τους και εξαφανίστηκαν. Πολλοί άξιοι άντρες έχασαν τη ζωή τους εκείνη την ημέρα, αλλά δεν ήταν το μόνο κακό που μας είχε βρει. Αφού τελείωσαν όλα, ο Φίλιππος πήγε να αγκαλιάσει τον Φλόγα και να τον ευχαριστήσει που μας είχε σώσει. Είχε γυρίσει στο χωριό και είχε οδηγήσει τους συγχωριανούς μας κοντά μας. Τον πλησίασε και τον αγκάλιασε ευχαριστώντας τον, αλλά δεν πήρε απάντηση. Τα μέχρι πρότινος πανέξυπνα μάτια του Φλόγα, ήταν πια λίγο πιο θαμπά. Είχε θυσιάσει τη λογική και τη μιλιά του για να μας σώσει. Μαζί του, είχαν θυσιαστεί και όλα τα υπόλοιπα άλογα της Παγγαίας.

Γυρίσαμε στο χωριό με τη λύπη να βαραίνει την καρδιά μας, καβάλα στους καλύτερούς μας φίλους, οι οποίοι δεν θα μπορούσαν ποτέ πια να μας εκφράσουν τα αισθήματά τους, και ορκιστήκαμε ότι θα τους φροντίζαμε όπως μας φρόντισαν αυτοί για το υπόλοιπο των ημερών μας επάνω σε αυτή τη Γη.

Όσο υπάρχει ακόμη και ένας παραμυθάς ζωντανός, ο όρκος θα ισχύει. Θα συνεχίσουμε για πάντα φίλε μου, μέσα από τα παραμύθια μας να δίνουμε το καλό παράδειγμα. Να θυμίζουμε στους ανθρώπους, τις αρχές με τις οποίες δημιουργήθηκαν από τον Έναν. Θα τους θυμίζουμε για πάντα, πως είναι παιδιά του Ενός και του Ήλιου, πως οι ζεστές ακτίνες του υπάρχουν και ζεσταίνουν την ψυχή μας. Βρίσκονται μέσα στην καρδιά μας, μέσα μας και περιμένουν να τις αφήσουμε να δείξουν το μεγαλείο τους.

Σχετικά με τον Συγγραφέα

Ο James Antoniou είναι συγγραφέας και μεταφραστής. Η μεγάλη του αγάπη είναι η μυθοπλασία, καθώς αρέσκεται να δημιουργεί κόσμους στους οποίους μπορεί να χαθεί ο αναγνώστης για να ξεφύγει από τα προβλήματα της καθημερινότητάς του.

> *«Προσπαθώ δηλαδή να προσφέρω στους ανθρώπους γύρω μου ό,τι προσφέρουν σε μένα τα βιβλία. Για μένα, ένα καλό βιβλίο είναι η συντροφιά, το ταξίδι, το ξεκίνημα και το τέλος της ημέρας.»*

Ο James Antoniou έχει σπουδάσει Αγγλική Φιλολογία και Ψυχολογία, καθώς και δημιουργική γραφή. Με τη συγγραφή ασχολείται εδώ και πολλά χρόνια, δραστηριοποιούμενος τόσο στη γενέτειρά του, την Ελλάδα, όσο και σε διεθνές επίπεδο.

Εκτός από τη συγγραφή βιβλίων, έχει ασχοληθεί και με τη συγγραφή μιας σειράς ερευνών, οι οποίες έδωσαν σε μεγάλο βαθμό, υλικό για τα βιβλία του, καθώς και με τη συγγραφή ιστοριών τύπου flash story, δοκιμίων, αστυνομικών σειρών, κ.α.

Ουσιαστικά, το βασικό του είδος συγγραφής βρίσκεται κάπου ανάμεσα στο θρίλερ και το «παραμύθι για ενηλίκους», όπως του αρέσει να το αποκαλεί, είδος το οποίο στο εξωτερικό ονομάζεται «adult fairytale». Ωστόσο, έχει μέχρι τώρα ασχοληθεί και με άλλα είδη, όπως η κλασσική λογοτεχνία, το steampunk και τελευταία με την αστυνομική περιπέτεια.

Η προσωπική του άποψη είναι ότι:

«οι συγγραφείς αναλαμβάνουμε εν μέρει το ρόλο του παππού στο τζάκι, που τις κρύες νύχτες του χειμώνα πάει βόλτα τα εγγόνια του σε χώρες που ζουν δράκοι, ιππότες, μάγισσες και ξωτικά».

Επικοινωνία με τον Συγγραφέα

Το να δηγιέσαι ιστορίες, δεν έχει καμία αξία αν δεν έχεις γύρω σου έναν κύκλο ανθρώπων για να τις απολαύσει. Οι λέξεις χάνουν το νόημά τους και διαλύονται στους ανέμους της λήθης. Καλώς ήλθατε, λοιπόν, στο δικό μας κύκλο. Η προσωπική μου ιστοσελίδα στα ελληνικά, είναι:

http://jamesantoniou.blogspot.gr/

Και για να γνωριστούμε καλύτερα και να δημιουργήσουμε ακόμη πιο όμορφες ιστορίες, περιμένω τα μηνύματά σας στην ηλεκτρονική μου διεύθυνση:

james.d.antoniou@gmail.com

JAMES ANTONIOU

By

eCult Hub® Publications

Don't miss out!

Visit the website below and you can sign up to receive emails whenever James Antoniou publishes a new book. There's no charge and no obligation.

https://books2read.com/r/B-A-NSLWB-PKCVD

BOOKS 2 READ

Connecting independent readers to independent writers.

Also by James Antoniou

Adult FairyTales Βιβλίο 1
Adult FairyTales, Book1

Watch for more at https://jamesantoniouofficial.blogspot.com/.

About the Author

James Antoniou is a writer and translator born in Greece, who studied English Literature, Psychology and Creative Writing. The author has been working both in his native country Greece, as well as internationally. His great love is fiction as he likes to create worlds in which the reader can get lost, in order to escape from the problems of his everyday life.The author's passion is adult fairytales, stories that according to him, is somewhat of a fairytale for kids transformed into something scarier, more grotesque and harsh. His personal point of view is that: "Writers are partly taking on the role of a grandfather in front of a fireplace, who in the cold nights of winter, walk their grandchildren into worlds with dragons, knights, witches, murderers and evil creatures."*******Ο James Antoniou είναι συγγραφέας και μεταφραστής. Η μεγάλη του αγάπη είναι η μυθοπλασία, καθώς του αρέσει να δημιουργεί κόσμους στους οποίους μπορεί να χαθεί ο αναγνώστης για να ξεφύγει από τα προβλήματα της καθημερινότητάς του.«Προσπαθώ δηλαδή να προσφέρω στους ανθρώπους γύρω μου, ό,τι προσφέρουν σε μένα τα βιβλία. Για μένα, ένα καλό βιβλίο είναι η συντροφιά, το ταξίδι, το ξεκίνημα και το τέλος της ημέρας.»Ο James Antoniou έχει σπουδάσει Αγγλική Φιλολογία και Ψυχολογία, καθώς και δημιουργική γραφή. Με την συγγραφή ασχολείται εδώ και πολλά χρόνια, δραστηριοποιούμενος και στη γενέτειρά του, την Ελλάδα, αλλά και σε διεθνές επίπεδο.Μέσα από διάφορες συνεργασίες, συμμετέχει σε αξιόλογες προσπάθειες στον ελληνικό χώρο, όπως για παράδειγμα η συμμετοχή του στις «Όψεις του Φανταστικού - Larry Niven» από τις εκδόσεις Συμπαντικές Διαδρομές, καθώς και κάποιες δικές του μεταφράσεις βιβλίων άλλων συγγραφέων. Ανάλογες συνεργασίες γίνονται και σε διεθνές επίπεδο, όπως η συμμετοχή του στην ανθολογία του «the Power of Friendship through Art».Στο παρελθόν, έχει παρουσιάσει κάποια ανέκδοτα βιβλία του στα ελληνικά, σε συνεργασία με διάφορους φορείς όπως το φεστιβάλ «Revault Open September Festival» του VAULT, και έχει κάνει μεταφορά ενός από τα πρώτα του βιβλία σε σενάριο, του βιβλίου «Αθάνατη Πραγματικότητα».Εκτός από τα βιβλία, έχει ασχοληθεί και με τη συγγραφή μια σειράς ερευνών, οι οποίες έδωσαν σε μεγάλο βαθμό και υλικό για τα βιβλία του, καθώς και με τη συγγραφή ιστοριών τύπου flash story, δοκιμίων, αστυνομικών σειρών, κ.α.Ουσιαστικά, το βασικό του είδος συγγραφής βρίσκεται κάπου ανάμεσα στο θρίλερ και το «παραμύθ...

Read more at https://jamesantonioufficial.blogspot.com/.

www.ingramcontent.com/pod-product-compliance
Lightning Source LLC
LaVergne TN
LVHW040949150826
845672LV00002B/608

* 9 7 9 8 2 3 0 0 7 1 7 4 7 *